うさんくさい男

松雪奈々

幻冬舎ルチル文庫

CONTENTS ✦目次✦

うさんくさい男

✦カバーデザイン=chiaki-k（コガモデザイン）
✦ブックデザイン=まるか工房

イラスト・街子マドカ✦

うさんくさい男

一

そのメールが届いたとき、春口蓮《はるぐちれん》は夕食を作っていた。

弟、涼太《りょうた》の好きなバターチキンカレーである。今朝のうちに香辛料やヨーグルトに漬け込んでおいた鶏肉を冷蔵庫からとりだし、バターやトマトの水煮といっしょに圧力鍋で煮込む。

平日の夜七時、仕事を終えたあとで疲れてはいたが、蓮が料理の手を抜くことはない。愛する弟の天使のような笑顔を見られるのなら、これぐらいの手間を惜しむことはなかった。

煮込んでいるあいだにサラダを作っていると、食欲をそそる香辛料の香りがキッチンに充満してくる。鍋の火をとめ、そろそろ涼太も帰ってくる頃だろうかと壁時計へ目をむけたとき、テーブルに置いていた携帯が鳴った。

見れば、涼太からのメールだった。

いま家にむかっているところだという。そしてその後に続く一文に、蓮は息をとめた。

なんと、これから彼氏を家に連れてくるという。

「なん……だって……？」

衝撃のあまり、携帯に問いかけたがもちろん答えは返ってこない。穴が開くほど携帯を見つめ、その文面をなんども読み返した。

これから。これからって。

メールには、彼の分も夕食を準備してくれると嬉しいなあなどと書かれている。幸か不幸か今夜はカレーを多めに作ってあるので、ひとり増えたところで問題ない。

問題はないが、しかし。

蓮は切れ長の涼しげな瞳に動揺を浮かべ、了解とだけ返信して携帯をテーブルに置いた。

三つ年下の涼太のことを、砂糖漬けにしてしまいそうなほど甘く溺愛《できあい》している蓮である。自他ともに認める異常なまでのブラコンで、か弱い子猫のような弟を守るために生きてきたのだと言っても過言ではない人生を送ってきた。

その弟が、彼氏を連れてくるという。兄弟ふたりで暮らすこのマンションに。

涼太は恋愛ごとに疎《うと》く、純情なタイプだと思っていたのだが、じつはそうでもないらしいということを最近知った。そのことについては意識的に考えないようにすることによってショックから立ち直りつつあるところだったというのに。

弟の彼氏との対面。蓮にとって、新たな試練である。

これまでに弟の彼氏に会ったことはない。

幼い頃から面倒を見てきたかわいい弟を奪った男。いったいどんな男なのか。気分はすっかり娘を持つ父親である。対面する心の準備ができておらず、動揺したまま、まな板の上にある包丁を握り締めた。

日本橋木屋の菜切包丁。長年愛用しているそれは定期的に手入れをしており、切れ味は抜群である。蓮はおもむろに砥石《といし》をとりだし、水に濡《ぬ》らしてそれを研ぎはじめた。

思いつめた表情で包丁を研ぐ、その姿からは異様な気配が滲《にじ》んでくるようだったが、さすがに蓮もこの包丁で相手をどうにかしようと考えているわけではない。気持ちを落ち着けるためにとった行動である。

しかし包丁を研ぐごとに気持ちも研ぎ澄まされ、落ち着くというより鋭敏になっていくようだった。

すこし前に、涼太は仁科櫂《にしなかい》から男を紹介されているはずだった。仁科は涼太の同級生で、蓮の同僚でもある。かわいい弟をふったいけ好かないやつだと思っていたはずなのに、いつのまにか恋に落ちていて、二週間前に恋人のような関係になった男だ。

彼氏というのはその仁科から紹介された、三上《みかみ》という男のことだろう。紹介を受けてから日が浅いはずだが、彼氏と呼び、身内に紹介するほどの仲に発展しているということなのか。

その男が涼太にふさわしい男か、確認せねばならない。もしも涼太を泣かしそうな頼りない男であれば、断固として交際に反対しよう。それが兄の務めだ。

蓮は研ぎ終えると、切れ味の増した包丁でさっくりとトマトを切った。

相手の男をもトマトのようにさっくりいきそうな思いつめたまなざしでふたりの帰りを待つことしばし、やがて玄関のドアが開き、弟のほがらかな声が聞こえてきた。

「ただいまあ」

蓮は包丁を置いて廊下へ迎えでた。

カーキ色のジャケットに白いニットの帽子をかぶった弟が、ほわわんとした笑顔をみせる。その辺のアイドルなんか目じゃない、小動物のようなかわいさに、もう、そのままぎゅっと抱き締めてしまいたい。

「おかえり」

靴を脱いであがってくる涼太の後ろに、その男はいた。やや大柄な身体《からだ》をグレーのスーツに包み、大きめの鞄《かばん》を抱えている。一重まぶたに口角の下がった口元が無愛想な印象で、それ以外には髪型や容姿にこれといった特徴もなく、どこにでもいるサラリーマン風だ。しばらくすれば忘れそうな、印象の乏しい男だった。年齢は涼太とおなじぐらいだろうか。

蓮は意外な思いで目を凝らした。涼太は王子さまのような容姿をした仁科をかっこいいだの好きだのと言っていたのだ。だからつきあうとしたら似たようなタイプを選ぶんじゃないかと思っていたから、こんな平凡な男が現れるとは思っていなかった。

「三上さん、ぼくの兄ちゃんだよ。兄ちゃん、この人ね、三上真治《しんじ》さん」

涼太の紹介に、三上がのっそりとした動きで頭を軽くさげる。

「こんばんは。お邪魔します」

ぼそぼそとした聞きとりにくい声。

蓮はあいさつする三上の表情を見て、おや、と思った。

表情も声も、おかしなところはない。けれども奇妙な違和感を覚えたのだ。それはごくちいさな引っ掛かりで、自分でも説明できなかった。愛想のない男だとは思うが、そういうことではない。

なんだろう。気のせいだろうか。

「はじめまして。兄の蓮です」

内心の思いを隠してあいさつする蓮の横を涼太がすり抜けて居間へむかう。

「どうぞあがって。いい匂い〜。わーい、今夜はカレーだねっ」

三上が靴を脱いであがり、蓮はそのあとに続いて居間へむかった。

三上の後ろ姿をこっそりと検分する。スーツは量販店のものなのか、安っぽくしわがついており若干袖丈《そでたけ》があっていないが、許容範囲だろうか。鞄はナイロンのスポーツバッグのようなもので、中になにを入れているのか、やけに膨らんでいる。靴下は汚れていない。下へ降ろした視線をふたたびあげて、こざっぱりした髪もチェックする。耳にピアスの穴はなさそうだ。

やはり、歳《とし》相応のごくふつうの青年のように見える。しかし違和感は拭《ぬぐ》えない。かわいい弟に手をだした男ということで、敵対心からそう思えるだけだろうか。

「三上さん、ここすわって」

涼太が三上を居間の食卓へ促すのを横目で見ながら、蓮はセミオープンのキッチンへ戻り料理を盛りつけた。涼太もジャケットと帽子を脱いで手伝いにやってくる。

「涼太、友だち連れてくるなら、もうちょっと早めに言ってくれよ。今夜はカレーだからよかったけど」

「そうだよね、ごめん……。兄ちゃんの手料理、おいしいから。三上さんにも食べさせたいなあって思っちゃって」

ちょっときつめに言ったら、涼太が眉尻《まゆじり》を下げて、しょんぼりと言いわけした。そんな顔を見せられたら、蓮は全力で白旗をあげるしかない。

「いや、いいんだけどさ」

頭を撫《な》でて抱き締めたい衝動に駆られたが、皿を持っているので我慢する。

食卓へ料理を並べて蓮が食卓につくと、三上が恐縮したように身体を縮こませて頭をさげた。

「こんな時間に急に押しかけて、すみません」

遠慮がちに謝る姿を見ると、悪い男ではなさそうな気もした。

「ああ、ごめん。気にしないでくれ」

「ぼくが無理言って誘ったんだよ」

三上のとなりに涼太がすわる。

「みたいだな。まあ、遠慮なく食べて」

「そうそう。食べて食べて。いただきまーす」

涼太からも勧められて、三上がいただきますと言って食べはじめる。その箸《はし》使いや食べ方も蓮は遠慮ないまなざしでチェックする。食事のマナーは上品というわけでもなければ下品でもない、ごくふつうだ。

しかし、どうしても違和感のようななにかがちいさな棘《とげ》のように引っかかる。眺めているうちに、それは彼のふとした視線の動かし方、表情に、暗さを感じるせいだと思った。

性格が暗そうに見えるというのとは違う。うまく言えないが、自分や周囲にいるサラリーマンにはない、影のような気配を感じる。たとえるなら詐欺師ややくざが一般人のふりをしているような感じだろうか。どれほどうまく擬態していても、その身から滲みでる胡散臭さ《うさんくさ》は隠せない。

そこまで考えたところで、蓮は違和感の正体に気づいた。

そう。この男、どことなく胡散臭いのだ。

平凡を装っているが、まっとうな人間ではない香りがするのだ。

蓮は注意深く観察しながら言葉を選んだ。

「三上くんは、歳はいくつ」

「二十五です」

仁科や涼太よりひとつ上、蓮よりふたつ年下だった。蓮は涼太に顔をむけた。

「たしか、仁科の紹介だったな」

「うん。そうだよ。ほら、前に話したよね。退院後、ひと晩ここで看病してもらったんだよ」

先々週、蕎麦《そば》アレルギーのある涼太はアレルギー症状を起こしてひと晩入院したのだが、退院した日の夜に三上が訪れたということは話に聞いている。蓮は諸々《もろもろ》の事情から留守にしていたため、会っていなかった。

三上が涼太にむけて苦笑する。

「ひと晩いっしょにいただけで、看病というほどのことはしてないじゃないか」

「そんなことないよ。そばにいてくれて、すごく安心できたよ……退院したばかりで、ひとりで過ごすのは心細かったから……」

「そうか……」

自分が兄を追いだしたことなど忘れたように、涼太は可憐《かれん》に目を潤ませる。そんな涼太を見つめ返す三上。

目の前で甘い空気を作られそうになり、蓮は咳払《せきばら》いをして注意をむけた。

「三上くん。その節は弟がお世話になったね。ありがとう」

内心のもやもやは面倒見のよい兄面の下に押し隠し、にこりと笑みを見せると、三上が恐縮するように肩をすぼめた。

「あ、いえ」

「仁科の紹介ということは、彼の友だちってことかな?」

「いえ。知りあいの知りあいで、友だちというほど親しい感じでもないです」

「そう……」

親しくはないのか。

仁科が怪しい男を紹介することはないだろうとは思う。だが知りあいの知りあいというと、若干信頼度が落ちる。

「あのね兄ちゃん。仁科くんの紹介だったんだけど、じつはぼくたち、その前から顔見知りだったんだよ」

涼太がカレーを掬《すく》いながら嬉しそうに説明する。

「三上さんね、ぼくのお店に生地をおろしてる問屋さんの息子さんなんだ。お店でたびたび顔をあわせてたから、紹介されたときはびっくりしちゃって」

ね、と涼太が三上に同意を促す。かわいい笑顔をむけられて、三上はちょっとはにかんだような微笑《ほほえ》みを返していた。

うむ。正しい反応だ、と蓮は思った。

このかわいい弟の無邪気な笑顔を拝めて、そりゃあ嬉しいだろう。当然である。この男は涼太をふった見る目がない仁科とは違うようだ。

「そうだったのか。それはすごい偶然だな」

「うん」

頷《うなず》く涼太のむかいで三上が微妙な顔をし、やや口ごもったあとにためらいながら言う。

「いえ……じつは、それほど偶然ってわけでもなくて。ずっと以前から俺は涼太くんのことが気になっていて。それを友人に話したら、頼んだわけじゃないんですけど、気をまわして、つてを探してくれて」

照れて耳を赤くしながらも正直に打ち明ける様子には、好感が持てた。

「なるほど。涼太はかわいいものな」

「はい。かわいいですね」

三上がきっぱりと肯定して深く頷く。涼太のかわいさを理解できる男に出会い、蓮は気をよくした。

親の生地問屋で働いていると聞いて、安堵《あんど》もしていた。胡散臭い感じから、妙な仕事でもしているんじゃないかと疑惑が頭をかすめていたのだが、身元は確からしい。

まあ、それはそうなのだ。知りあいの知りあいで信頼度が落ちるとは言っても、それでも仁科が紹介した男なのだ。あの男はサドだし生意気だしいけ好かないやつだが、こういうことではなんとなく信頼している。妙な男を寄越すことはないだろう。

「生地問屋さんもスーツで仕事なのか。営業とか？」

「ええ、まあ」

三上にかわいいと言われたせいか、涼太が赤い顔をしてはしゃいだ声をだす。

「私服のことも多いよねっ」

初々しい感じがこれまたかわいい。

「三上さんね、すっごい力持ちなんだよ。重い生地を何束も肩に担いで、ひょいひょい運んじゃうんだ」

「ああ、そんな感じかもな。――ところで」

蓮は重要な質問を三上に投げかける。

「看病してくれたなら、涼太に蕎麦アレルギーがあることは知ってるね」

「はい」

「きみは、蕎麦は好き？」

「それほどでも。あれば食べるという感じでしたが」

「涼太とつきあうとなると、その辺りを気をつけてもらわないといけなくなるんだが――」

「はい。これからは、断ちます」

みなまで言わずとも、三上は先まわりして答えた。

うむ。よろしい、と蓮は頷いた。

蕎麦は涼太の敵だ。蓮も小学生以来口にしていないし、今後も食べることはないだろう。蕎麦を食べた口で涼太にキスなんてしたら許さない。蕎麦を食べていなくても、ふれてほしくないけど。

「わかってくれているようで、よかった」

「アレルギー、怖いですからね」

「まわりにいる?」

「いえ。でもよく話に聞きますし――」

しばらくアレルギーの話が続き、それから兄弟は何人いてどこに住んでいて、などという無難な会話をしながら、蓮はすこしずつ警戒を弱めていった。

三上はごくふつうの男だった。常識的で、おかしな受け答えをすることはないし、涼太への想いに関しても誠実につきあってくれていることが伝わってきた。

胡散臭いと思ったが、気にしすぎだろうか。

この違和感はもしかしたら、彼のスーツ姿が似合っていないだけなのかもしれないとも思えてきた。普段の仕事ではあまりスーツを着ないのならば、その着慣れていない感じが違和感に繫《つな》がっただけかもしれないと、よいように考えてみる。

――でも。

やっぱりちょっと……引っかかる……。

話しているうちに忘れるかと思ったが、違和感はずっと残ったままだった。

食事を終えると三上は長居せずに帰っていった。エントランスまで見送りに出た涼太は家に戻ってくるなり、テーブルを拭《ふ》いていた蓮にはにかんだ笑顔をむけた。

「どう。三上さん。いい人でしょ」

「んー。よくわからないな」

目をそらし、そっけなく答えると、涼太がとまどったように首をかしげた。

「え、そう……？　ふたりともけっこう喋《しゃべ》ってたのに……」

「当たり障りのない話をしただけだから、なんとも」

「でも、雰囲気は伝わったでしょ？」

「うーん……ふつうの男としか……あまり愛想ないし」

蓮は言おうか言うまいかちょっと迷ってから、ぼそりと付け加えた。

「それに……ちょっと暗そうじゃないか？」

胡散臭そうだと思った、というのは控えておいた。

「そんなことないよ。たしかにそんなに笑う人じゃないけど。うんとね、身体が大きいし、一見、怖そうっていうか、誤解されやすい人だから、兄ちゃんが警戒するのもわかるんだけど」

「怖そうじゃなくて暗そうなんだよ。べつにそれが悪いとは言わないけど」

はっきりと否定できるほどの欠点はなかった。けれど、逆もない。

彼に対して抱《いだ》いた印象は、どこか違和感があり、暗そうで平凡な男というものだった。ただそれだけだ。

涼太に惚《ほ》れている様子には好感が持てたが、彼がゲイならばそれは当然のことである。アレルギーに理解があったことも然《しか》り。それは最低条件だ。弟の相手としてふさわしいかと問われれば、首をかしげざるをえなかった。

あの男ならば涼太を任せられる男だと安心するには、材料が足りない。

蓮が弟に対して抱いているのはあくまでも肉親の情であり、恋愛感情のようなものではない。だからよその男に渡すのは一抹の寂しさがあるものの、これはと思える相手であれば、応援してやりたいと思ってはいるのだ。

それにしても涼太も涼太だ。

かわいい涼太ならば、引く手あまたのはずなのだ。世の中にはもっと爽《さわ》やかでいい男がいるだろうに、なぜ彼なのだろう。それに派手な容姿の仁科がいいと言った次には地味な三上だなんて、涼太の好みの傾向がよくわからない。

「なんだろうな。物足りないっていうか……。いったいあの男のどこがいいんだ」

涼太がかわいらしく小首をかしげた。

「身体？」

「……か……」

清純なはずの弟の口から肉食系な答えを聞き、蓮はめまいを覚えた。

そうだ。このかわいい弟は自分よりもずっとさばけていて、性体験も豊富らしいのだった。

忘れたかった事実を思いだし、ひたいに手をやってショックをこらえる。

「やめてくれ涼太……俺はおまえの口からそんな話を聞きたくない……」

よろめいて近くにあったテーブルに手をつき、身体を支える。それを演技とでも思ったのか、涼太が笑う。

「やだな兄ちゃん、冗談だよ。彼、まじめでいい人なんだよ。今日はちょっと時間が短くてわからなかったかもしれないけど、なんどか会ううちに、兄ちゃんもわかってくれると思うんだけど」

まじめかどうか知らないが、軽薄そうな人柄には見えなかった。あいさつもできない非常識な男でもなかった。しかしそれだけで、弟を任せられる男と認められない。

それに、あの暗いまなざしと違和感がやっぱり気にかかる。

黙っていると、涼太が続ける。

「暗そうに見えたのは……今日は、ぼくの思いつきで急に連れてきちゃったから、彼も突然で緊張してたのかも」

「ん……それはあるかもな」

友だちではなく彼氏として家族に紹介されるというのは、当人にとっても緊張するものかもしれない。自分たちの関係がマイノリティであることは承知しているだろうし、その家族がゲイにどの程度理解があるのかもわからないのだ。

蓮にしても、弟がゲイだということは理解していても、実際に彼氏を連れてこられるというのはなかなかにショックなことだった。

ただ蓮の場合、三上を温かく迎え入れられなかったのは男同士ということよりも、極度のブラコンであることが原因なのだが。

見定めるような蓮の態度を三上はどう解釈しただろう。男同士のせいだと思って萎縮《いしゅく》していただろうか。

「そういえば……三上くんには、俺と仁科のことは、話してあるのか」

「兄ちゃんと仁科くんのことって?」

「いや、だから……つきあってる、というか」

「ああ、うん。言ってないよ。勝手に喋っちゃ悪いかなと思って」

そうか、と頷いて蓮は椅子に腰かけた。

「だったら、三上くんも緊張しただろうな」

蓮も男とつきあっていると知ったら彼も緊張を解き、あの暗さもすこしは払拭《ふっしょく》されたのだろうか。

教えてやればよかったのかもしれない。

とはいえ、打ち明けたところで明るく話せる自信もないけれど。

最近までノーマルで、ゲイに特別理解があるわけでもなかったのだ。気がついたときには仁科を好きになっていて、そのことにいまだにとまどいを覚えていたりもする。自覚して、まだ二週間ほどしか経《た》っておらず、ゲイ仲間だと明るくオープンに打ち解けられる段階には至っていない。

このことに関しては、屈託のない涼太を尊敬せずにはいられない。

「じゃあ今度、兄ちゃんたちのこと、三上さんに話してもいい？」

「ああ。いいけど」

ちょっとためらう気持ちはあるが、ゲイの三上に隠すことでもないかと思い、頷く。すると涼太がじゃれつくように背中に抱きついてきた。

「じゃあさ、じゃあさ、そのうち、ダブルデートとかできるかもね」

「それは」

頬《ほお》を引きつらせる蓮に気づかず、涼太は嬉しそうに笑う。

「へへ。兄ちゃんとこんな話ができるようになってよかった。これまでは兄ちゃんはノンケだったから話しにくかったけど。仁科くんに感謝だなあ」

「……。そう、か……」

娘を持つ父親の心境である蓮としては、そこは同意しかねて複雑な心境になった。

「仁科くんとはタイプが違うけど、三上さんもかなりかっこいいと思わなかった？」

「え……。かっこよかった……か？」

意外なことを言われて三上の顔を思い返してみた。言われてみれば顔立ちはそれほど悪くなかったかもしれないが、平凡の域を出ない気がする。口角の下がった口元は見方によっては男らしいと言えなくもないのかもしれないが、蓮にはマイナスポイントとしか思えなかったし、表情が乏しくて、全体的に暗い印象しか残らなかった。歩くときはやや猫背気味で、のそのそして野暮ったかったし、格好よいとはとても思えなかった。

格好よいという言葉は、ああいう男に使うものではない。顔立ちだけでなくスタイルも姿勢もよく、立ち居振る舞いが凛々《りり》しく颯爽《さっそう》としている男に使いたい。笑顔も品があって、それから仕事もできて、自信に溢《あふ》れているのにスマートで、キスもうまくて――って。

そこまで考えて、蓮ははっとして赤面した。

「……っ」

「ん？　なにか言った？」

「い、いや。なんでもない」

蓮は慌てて首をふり、口元を手で覆った。

――いま、思いっきり仁科を頭に浮かべていた。

臆面《おくめん》もなく格好いいだなんて、なにを考えてるんだ自分。いやまあ、格好よくないとは言わないけど、でもその。

なにもここで三上の比較対象としてあげる必要はないのだ。あの男のことを手放しで褒めてしまったことに、蓮は無性に悔しいような恥ずかしいような気持ちになった。

仁科のことはどうでもいいのだ。いまは三上である。

抱きついていた涼太が離れ、ソファへむかう。

「まあ、仁科くんを見慣れちゃった兄ちゃんには、わかんないかぁ。仁科くんのかっこよさは別格だもんねえ」

内心を見透かされたように言われて、蓮はむせそうになる。

「あ、あんなやつ、べつに……っ」

「あんなやつって。兄ちゃんの彼氏でしょ」

「……べ、べつに」

うろたえたら、涼太がくすくすと笑う。

「ふふ。兄ちゃんかわい～」

「違う。かわいいのはおまえだ」

蓮は恥ずかしさを隠すように顔をそむけ、立ちあがった。

キッチンへむかおうとすると、ソファにすわってクッションを抱えた涼太が思いだしたように声をかけてきた。

「そうそう。言い忘れてた。あのね、今度の金曜日、三上さんの誕生日なんだ。だから夕ご飯いらないからね」

「わかった」

「たぶん、彼のうちにお泊まりすることになると思うから」

「っ……」

さらりと告げられ、蓮は無意識に足をとめて胸を押さえた。

これまでも涼太が友だちの家に泊まるということは時々あったが、彼氏と呼ぶ男のところに泊まるというのは初めてのことだった。

彼氏として身内に紹介するぐらいだし、冗談とはいえ身体がいいなどと言うぐらいだから、大人な関係にはなっているのだろうと予想はつくが、かわいい弟が汚されたような気分になる。掌中《しょうちゅう》の珠《たま》と思っていた弟はすでにあの男のものなのだと思うと、嫉妬《しっと》に似た寂しさを覚えた。

しかし、行くなとは言えない。涼太も大人なのだ。いくら大事な弟が心配だからとはいえ、兄が弟の行動やその相手に対してとやかく言う権限などないことは極度の兄バカでもわかっている。

「……わかった。……そうだよな……誕生日じゃ、祝ってやらないとな……」

蓮があまりにも暗い顔をしたので、涼太が上目遣いに窺《うかが》う顔をする。

「あの……そんな顔しなくても。彼、本当にいい人なんだよ。兄ちゃんにはわかってもらえると思ったんだけど……」

弟にそんな顔をされては、蓮も兄らしい態度をとらざるをえない。

「そうか……。まあ、そうだな……あの大きな身体がとなりにいれば、涼太の護衛になりそうだしな……」

仁科の紹介した男であり、弟が選んだ男である。あまり不満そうにするのもどうかと思い、唯一取り柄と思えることをどうにか見つけて口にしておいた。

ぎこちない足どりでキッチンへむかい、三上の姿を改めて思い浮かべる。この男なら申し分なく涼太を任せられるという好青年ではなく不満ではあるが、かといって断固として反対だというほどの決定打があったわけでもない。

三上が涼太に惚れていることは伝わった。弟が騙《だま》されているという心配はなさそうだ。たとえどんな男でも、涼太が幸せならそれでいいのだと己に言い聞かせる。

違和感については……ちょっと保留か。

蓮はその背中に哀愁を滲ませて、明日の朝食の下準備をはじめた。

二

涼太がお泊まりするというその金曜日、蓮は仁科を自宅へ招いた。

想いを通わせてから二週間が経つが、互いに忙しくて恋人らしい時間を持てずにいた。

恋人になったにもかかわらず、蓮は自分からあの男を誘うのは癪《しゃく》に思えて抵抗があったのだが、ためらいを捨てて三日前にメールで夕食に誘った。金曜は弟がいないから、と書き添えて。そうしたら案の定、翌日に職場でからかわれてしまい、誘うんじゃなかったと後悔したものだが、今日の仁科は蓮をからかったことなどけろりと忘れたかのように澄ました顔で、

「じゃあ蓮さん、行きましょうか」

などと言って蓮のいる分析センターまで迎えに来てくれたものだから、蓮もぐずぐず言えず、連れだって帰宅した。

会社から自宅までは電車を利用する。帰宅時は朝ほどのすし詰めにはならないがそれなりに混《こ》んでいて、となりに立つ仁科と腕が密着した。身長差はだいたい十センチほどで、蓮が真横をむくと仁科の顎《あご》の辺りに視線が行くことになる。シャープなラインを描く顎から、そ

の下に続く首へとなにげなく視線をおろした。意外とたくましい首や喉仏《のどぼとけ》が男っぽい。密着していると、肩や腕が自分よりもずっと厚いことにも気づかされる。

スーツや鞄はそれなりにいいものを選んでいるようで、彼のセンスのよさを感じられる。

性格はさておき、見た目だけを言えばいい男だよなあとぼんやりと思い、これが自分の恋人なのだと思うとなんとなく恥ずかしくなって視線をそらした。

電車を降りて住宅地をすこし歩いて自宅につくと、暖房をいれ、背広を脱いでキッチンへ直行した。そのあとに仁科が続く。

「手伝いましょうか」

「いや、邪魔だからすわっていてくれ」

仁科に料理の心得がないことは知っている。下手にうろちょろされたくないのではっきり言うと、彼は気を悪くするでもなく、むしろ楽しそうに笑って従った。

「了解」

蓮は手早くエプロンをして支度にとりかかった。

セミオープンのキッチンなので、居間のほうも見渡せる。食卓についた仁科が、頬杖《ほおづえ》をついて微笑を浮かべてこちらを見つめてくるのが視界に映った。

寛《くつろ》いだ様子でほんのりと微笑む目元や口元。高く品のよい鼻梁《びりょう》を持つその顔は貴公子そのもので、意地悪く人をからかうような男にはとても見えない。視線が気になってしまい、普段の調子が狂った蓮はフライパンの中の太刀魚《たちうお》をうっかり焦がしそうになった。

「……っと」

危なかった。ぎりぎりセーフだ。

「いい匂い。今夜はなにをご馳走《ちそう》してくれるんですか」

焦がしそうになったことなど知らない仁科が明るい調子で話しかけてくる。

「太刀魚のムニエルと、湯豆腐と、おひたしと、あと、なんか適当に、あるもの、かな」

「すごい。おいしそうだ」

「え、すごくはないだろ。ありあわせだし……」

誘った翌日にからかわれた恨みもあって、今日の献立は力を入れていない。それなのに喜ばれてしまい、少々悪いような気がした。

なので、とっておきのワインをだすことにする。

「ワインあるけど、飲むか？」

「あなたも飲むなら」

「白でいいか？」

「ええ」

未開封のワインボトルとオープナーを渡すと、仁科はソムリエのように優雅な手さばきで音も立てずに栓《せん》を開けた。それからキッチンに来てグラスをとりだして食卓へ戻り、ワインを注ぐ。

手の込んだものはないので蓮の調理もまもなく終わり、豆腐を入れた土鍋や料理を載せた皿を食卓へ並べ、席についた。

あいむかいにすわると、仁科の甘やかなまなざしと目があった。ほんのりとした微笑をたたえたその顔に、胸がどきりとする。そんな目つきで見つめられたのは、二週間前に仁科のマンションで過ごしたとき以来かもしれない。

「乾杯」

仁科がワイングラスを軽く掲げて言う。蓮もつられてグラスを軽くあげる。

「なにに乾杯だろう」

「なんでしょうね」

ふたりの夜に、なんてキザなセリフが思い浮かんだが、もちろん口にするはずがない。そんなセリフを思い浮かべてしまうだなんて自分もどうかしている。いや、雰囲気をだしたりする仁科が悪いのだ、などと、焦って自分に言いわけしてしまう。

「三上くんの誕生日に、かな」

仁科の甘い視線を受けとめきれなくて、蓮はとぼけてグラスに口をつけた。

蓮のマンションで仁科と食卓を囲むのは二度目。最初は涼太もいっしょだったから、ここでふたりきりになるのは初めてだ。いかにも恋人同士といった雰囲気がどうにも面映く、恥ずかしかった。

「三上くん？　――ああ、三上さん？　春口の」

仁科は一瞬誰のことだかわからなかったようだが、すぐに思い当たったようだ。

「その後のことは聞いていないんですけど、あのふたり、うまくいってるんですか」

「そうみたいだ」

「誕生日か。それで春口は留守なんだ」

仁科が口元に笑みを浮かべながらグラスを傾ける。

「三上さんに感謝しないとな」

「どうして」

「そのお陰で俺が呼ばれたわけでしょう。一昨日《おととい》は、仕事帰りに夕食に誘ったのに、あなたは無視して帰ってるし」

「それはおまえが職場でセクハラするからだ」

そうなのである。メールで誘った翌日、仁科は口でからかうだけでは飽き足らず、資料室へ蓮を連れ込んでセクハラしたのである。キスをされ、前をいじられ、しかし最後まではされず途中で放りだされた。お陰で蓮はその後の仕事に集中できなくなってしまったのだった。

軽く睨《にら》むと、仁科は悪びれるでもなく、楽しそうに片眉をあげる。

「あれはつい。でもそのことがなくても、春口が在宅のときは、弟の食事の用意があるからって断られそうだ」

「まあ、そうかもな」

本心では、それはどうだろうと迷う余地が多少はあったのだが、仁科の皮肉げな揶揄《やゆ》を受けて、蓮はしかつめらしい顔をした。

「そうですよね。なによりも弟が大事なんですものね」

仁科は深く頷くと、芝居じみた仕草で首をかしげた。

「あれ、でもおかしいな。先々週、病みあがりの弟もほったらかしにして、俺のことが好きだと熱心に口説いていませんでしたっけ。あれってなんだったんだろう。リップサービスだったのかな」

「口説いたって。誰が、いつ」

「俺に抱かれながら、なんども言っていたでしょう」

「あ、あれは、おまえに言わされたんじゃないか……っ」

「じゃあ、本心じゃなかったんですか？」

そうだとも違うとも言えず、蓮は赤くなって口をつぐんだ。

「ねえ、蓮さん。俺と弟、どっちが好きなんです？」

からかうように覗《のぞ》き込んでくる、そのまなざしは妙に艶《つや》っぽくて、蓮の心臓を加速させる。

小憎らしい男だと思う。それなのに、心が惹《ひ》かれてしまう。

「……。それより、冷めないうちに食べてくれ」

蓮は頬を赤くしながらも澄ました顔を保ち、仁科のとり皿に湯豆腐を掬ってやった。

仁科は好きだと言わせたいのかもしれないが、蓮はせっぱ詰まった状況でもない限り、そうそう甘い言葉を吐ける性格ではない。本格的にからかわれるのを防ぐために、三上の件へと強引に話を戻す。

「三上くん、このあいだうちに来たんだ。いっしょに夕食を食べた」

豆腐を口に運んだ仁科がおもしろそうに頬を緩める。

「それは。そのときの様子が目に浮かぶな。蓮さん、三上さんを質問攻めにしたんじゃないですか。年収からなにからこと細かく問い質《ただ》して、その末に、おまえのような男に弟はやらん、とか言いそうだ」

「結婚の承諾をとりに来たわけでもないんだから、そんなことは言わないぞ。初対面だから、質問は多かったかもしれないけど」

「それで、あなたのお眼鏡にかないましたか」

蓮はムニエルを箸でほぐしながら、どう言ったものかと首をひねった。目の前の男を悪《あ》し様に言うのは慣れているが、その知りあいを悪く言うのは気が引ける。かといって心にもないお世辞も言えない。

「んー。なんていうかな……時間が短くてよくわからなかったな」

あいまいに答えたが、気持ちは見透かされた。

「不満そうですね」

蓮は肩を竦《すく》めた。

「おまえの紹介なのに、悪いな。どこがだめだとか言うわけじゃないけど、でも、なんとなく引っかかるというか」

「引っかかる？　どの辺が？」

「暗そうなところとか」

「あー。まあ、絵に描いたような爽やか好青年、ではないですよね。あまり喋るほうじゃないし。でも暗いってほどでもないような」

「涼太はいい人だって言うんだけどな」

仁科が頷く。

「彼は大学の先輩の友だちなんで、俺も、そんなによく知っているわけじゃないですけど。でもふつうにいい人だと思いますけどね」

「そうか……」

眉を寄せて黙ると、仁科がくすりと笑う。

「あなたは春口がどんな男を連れてきても不満なんでしょうね」

「そんなことは……」

ない、と言いかけて、否定することができずに口ごもっていると、仁科が続けた。

「逆に明るくて多弁な男だったら、浮ついてそうだとか、信用ならないとか言いそうだ」

「……たしかに」

言われてみれば、そうかもしれない。

涼太がどんなに誠実そうな好青年を連れてきたとしても、自分はなにかしらあらを探して、認めようとしないかもしれない。

「でも……、涼太を幸せにできる男だったら、俺も文句を言うつもりはないんだ」

「春口が幸せかどうかはまわりが決めることじゃないですし、今後の様子を見ていくしかないでしょうね」

「ああ……」

「気になるでしょうけど、できる限り気にしないことです。あ、これおいしいですね」

話題は料理の話へと移り、涼太たちの話題はそこで終わった。

からかわれて言い返したり、仕事にまつわる話題をまじめに議論したりと、テンポのよい会話とともに食事が進む。

仁科はずいぶん浮かれているように見えた。

夕食に招いたことを喜んでくれているのだろうか。つられて蓮も気持ちが弾み、食べ終える頃にはほどよく酔っていた。

「赤いですよ。頬」

仁科が笑みを滲ませながら、自分の頬を人差し指でつついてみせる。

「かなり酔ってます？」

「そんなことはない」

蓮はほんのりと染まる顔を横にふる。

「そうですか？　食器は俺が洗いますから、すわっていてください」

仁科が立ちあがり、食器を片付けはじめた。

「ああ……食洗機に放り込んでおけばいいから」

蓮も言いながら立ちあがり、皿を手にしようとしたが、その手をとられた。

「いいですから。あなたは、そちらへ」

テーブルをよけて近づいてきた彼に腰を抱かれ、ソファへ導かれた。

そこまで気を使われるほど酔っているつもりはない。けれど蓮は素直に腰をおろした。夕食をふるまったお礼に後始末を請け負ってくれるつもりなのだろう。いまさら遠慮しあう仲でもないし、そういう気遣いは嬉しい。

「ワイン飲んだの、久しぶりだな。おまえが初めてうちにやってきたとき以来だ」

蓮から離れ、キッチンへ皿を運びはじめた男がこちらに顔をむける。

「ふだんはビールが多いんでしたっけ」

「そうだな。といっても、めったに飲まないけど」

初対面のとき、酒通ぶって薀蓄《うんちく》を披露したことなどすっかり忘れて本音を話している。

「でしょうね。あなた、弱いですものね」

すかさず仁科の指摘が入る。くすりと笑われるが、ばかにしている感じではなかったため
か不快ではなかった。そのため蓮は突っかかることなく素直に認めて頷いた。

「ワインの度数はだいたい十四度だから、三百五十の缶ビール相当酔いたいときは、百cc
ちょっとでいいのかな」

「理論上はそうでしょうけど、そのときの体調や食べたものでも変わるでしょう」

「ん……。グラス二杯だったか。やっぱりちょっと酔ったかな」

他愛ない会話をしながら待っていると、まもなく仁科がやってきて、となりにすわった。

ぴったりと密着するようにすわられてどきりとし、つい身を離そうとしたら、優しく肩を
抱き寄せられた。

「蓮さん……」

甘い声でささやかれ、甘酸っぱいような気持ちが胸に広がる。そっと顔をむけると仁科の
顔が近づいてきて、唇を重ねられた。

優しく慈しむようなキスだった。軽く舌を絡ませて、離れていく。

「ワインの味がする」

「……おまえもな」

唇は離れても肩は抱き寄せられたままで、仁科のまなざしは至近距離を保っている。視線をあわせるのが気恥ずかしくて俯《うつむ》くと、まぶたに視線を感じた。たったいまキスを交わした唇が目の前にあり、その口角は嬉しそうにあがっている。

「蓮さん。俺のこと、好き？」

どうしても言わせたいらしく、いつになく甘い声音が耳に吹き込まれる。

黙っていると、人差し指で頬をつつかれた。

「酔っているときぐらい、素直に言ってくれてもいいでしょう」

「生意気なこと言ったり、セクハラしたりしなければ、な」

「しなければ、好き？」

好きじゃなかったら、キスなんてしない。

生意気だしすぐからかうしいけ好かないやつと思うのに、きらいになれない。そばにいるとどうしようもなく胸がときめいてしまう。

甘い気分に満ちていた蓮は、ためらいながらもかすかに頷いた。

「そりゃ……、好き、だ」

赤い顔を俯かせて、怒ったようにぼそぼそと答えた。

「弟よりも？」

「それは……」

眉を寄せて悩むように黙ると、苦笑が落ちてきた。

「うそでもそう言ってくれたらいいのに」

頬に優しくキスされ、髪を撫でられる。

「まあ、それができないところがかわいいんですけどね」

仁科の態度が、いつも以上に甘く優しい気がする。とても甘やかされている気分で、蓮の頬が酔いとは関係なく染まっていく。

「なんか……おまえ、酔ってるのか」

「それなりに酔ってますけど。久しぶりにあなたと夜を過ごせるので、浮かれてますかね」

いっしょに過ごせて嬉しいと、臆面なく告げられる。

気持ちを通わせる前の仁科は人をからかってばかりで、本心を見せてくれなかった。その男にこんなふうに気持ちを打ち明けられて、ときめかないはずがなかった。

照れた顔を隠したくなって、蓮はおずおずと仁科の広い肩に頭を預けた。

「この香り……」

仁科の指に、髪をひと房摘《つま》まれる。

「ん？」

「シャンプー。俺があげたやつ、使ってくれてるんですね」

俺の香りだ、と仁科が嬉しそうに呟《つぶや》く。

「ああ。でも、そろそろなくなりそうだ」

「じゃあ、またあげます」

「でもおまえ、あまりそういうのは……」

業務上横領になるだろうとまじめに心配すると、仁科が軽く微笑する。

「あれ、来年発売されます。サンプルができてるから、それなら問題ないでしょう」

「発売するのか。すごいな」

「あなたのお陰ですよ」

「どうして俺が」

「あなたがこの香りが好きだと言ったから。企画を通してみようと思いついたんです」

優しく髪を撫でられながら経緯を教えられる。

「へえ……売れるといいな」

自分のなにげない言葉から生まれた商品が、来年には全国に売られるという。想像すると、わくわくした気分になった。

「じつは今日もすこし持ってきたんです」

「悪いな」

「いえ。俺も使おうと思って――今夜」

仁科が蓮の髪にくちづけ、それから耳朶《じだ》にもくちづける。

ひそめた声がそっと耳元にささやいた。

「今夜は、泊まってもいいんですよね」

一段と甘く色気を帯びた声に、蓮の心臓が反応した。にわかに鼓動が速まり頬が熱くなる。

「……ああ」

吐息のような声を返すと、髪を撫でていた大きな手が背中へおりてきた。愛撫《あいぶ》を連想させるようななまめかしい動き。もう一方の手に頬を撫でられ、ふたたびのキスの予感に蓮はどぎまぎしながら広い胸を押して身を離した。さっきよりも深いキスをされたら、なし崩しになりそうだ。

「なあ、泊まるなら、風呂に入るか？　そのほうが寛げるんじゃないか」

「そうですね」

風呂に湯を張り、準備が整うと、先に仁科に浴室を使ってもらった。脱いだ衣類を片付け、来客用のパジャマを用意してやる。

仁科は上半身は裸で、ズボンだけ穿いて出てきた。蓮も交替で脱衣所へ入る。

「蓮さんの部屋はどこです」

すれ違いざまに訊《き》かれた。

「そこだけど」

となりの扉を指さすと、仁科の足がそちらへむかう。

「じゃあ、部屋で待ってます」

「あ、ああ」

風呂から出たら、抱きあうことは確定しているようだ。

夕食に誘ったとき、こうなることを考えていなかったわけではない。恋人同士になったのだから当然の流れだと思う。それに今夜は弟が不在だとわざわざ告げたのは自分のほうで、それはつまり誘ったも同然なのである。

――こそばゆい……。

蓮は緊張しつつシャワーを浴びた。風呂に湯を張ったものの、浸《つ》かったらのぼせそうで、シャワーだけすませてあがる。

仁科とはすでに二度抱きあっていて、初めてでもない。それなのにこうして改まって抱きあう準備みたいなことをしていると、やはり恥ずかしくて緊張してしまう。

あの男に抱かれたいという欲求は、身の内にたしかにある。しかし男に抱かれるという行為には、まだ慣れていない。初めは酔ったいきおいがあったし、二度目はあれよというまに、という感じだったから、落ち着いた状況でいざ抱きあうぞ、というこの感じがなんとも……。

こんなことなら、もっと酒を飲んで酔っておけばよかったかもしれない。

気恥ずかしさで煩悶《はんもん》しながら冬用のパジャマを着、自室へ足を踏み入れた。

照明をつけた明るい室内で、仁科はベッドに腰かけて待っていた。

これからはじまることを思うと、心臓がどきどきして身体が熱くなる。仁科を直視しないようにしながら歩み寄り、そのとなりへ腰かけると、するりと肩を抱き寄せられた。

「熱いな……。蓮さん、もう興奮してる？」

すでに身体が熱くなっていることをからかうようにささやかれる。

「俺に抱かれることを想像して、火照っちゃった？」

「べ、べつに……、酔ってるだけだ」

「意地を張らずとも、わかってますよ。俺としたかったんでしょう？」

ぺろりと耳朶を舐《な》められ、蓮は身をすくませた。

「資料室では時間がなくて、期待させておきながらいいところで中断しちゃいましたからね」

先日のセクハラの話を持ちだされる。あのときは昼休憩時で、蓮があとすこしで達《い》くというときになって、もう時間がないという仁科に放りだされたのだ。

その記憶を思いだし、蓮はかっと赤くなった。

「時間がないなんて、わざとのくせに……っ」

「いやだな。あれは、悪かったと思ってるんですよ」

仁科はまったく反省していない口ぶりで言うと、声音を一段低くする。

「それで、あのあと、どうしました？　ひとりで最後までした？」

「するわけないだろっ」

「家に帰ってからも？」

蓮は真っ赤になりながらこくりと頷く。

「昨日は？」

「……してないって」

「本当に？　じゃあ、あれからずっと燻《くすぶ》ったまま？」

仁科の手が、蓮の股間《こかん》に伸びてくる。ズボンの上から中心を包み込むように覆われ、やんわりと撫でられる。

「……っ」

蓮は仁科の手を握り締めた。

「ああ、本当みたいですね。もう硬くなってきた。早いな」

「言うな……っ」

「いいじゃないですか。かわいいって言ってるだけです」

「そうは聞こえないぞ」

仁科の忍び笑いが耳に吹きかかる。

「こんなにしておきながら強がっても、かわいいだけですよ。この様子じゃ、俺に会うのが待ち遠しかったんじゃないですか？」

硬くなった先端をくすぐるように指先でなぞられ、腰が震えた。

「俺が夕食に誘ったとき、無視して帰ったりしなければよかったのに。そうしたら食事のあと、抱いてあげたのに」

「……っ」

舌先でねっとりと耳朶を舐められ、甘い快感に唇を噛《か》みしめる。

抱いてあげるとか、上から目線で言われるのがむかつく。べつに、抱いてほしいだなんて、ひと言も、誰も、思ったり……。

思ったわけじゃ……。

そっちから頼まれれば、抱かれてやっても、とは思わなくもないけど……。

「素直になればよかったって、あとで後悔したでしょう？」

「んなこと……っ、ん……」

艶と笑いを含んだ声に苛《いじ》められる。図星だけど反論したい。それなのに、与えられる刺激に意識がいってしまう。

「ばか仁科……」

かろうじて罵《ののし》ると、まるで好きだと言われたかのように、仁科が満足げに笑った。

「さっさと自分で抜いたって言ったら苛めたところですけど、俺を待っててくれたみたいですから——今夜はいっぱいかわいがってあげます」

仁科の顔が近づいてきて、唇が重なる。蓮は緩く唇を開き、男の舌を迎え入れた。熱い舌にぬるりと口内を舐められ、その感触に背筋がぞくぞくする。唇を重ねては離し、その都度角度を変えて舌を絡める。軽く吸われ、感じる部分を舌先で刺激され、次第にキスは深いものになっていく。

巧みなリードに翻弄《ほんろう》されて息が乱れる。頭の芯《しん》が痺《しび》れるような快感に、もっと乱してほしいと思ってしまう。やっぱりこの男のキスは気持ちがよすぎた。たわむれでも前戯でもなく、もうセックスしているのだと思わされる。身体を繋げるのとおなじほどの快楽を与えられ、プライドも理性も忘れて、すべてを明け渡してしまいたくなるほど夢中にさせられる。

「ん……は……」

どうしてこれほど感じてしまうのか。仁科の舌には媚薬《びやく》でも仕込まれているように思えてならない。その舌に舐められた箇所は甘く蕩《とろ》けて、口の中が快感に満たされる。

キスだけで身体がもっと熱くなり力が抜けてきてしまい、くたりとして身を預けたら、深くまで入ってきた舌に不意打ちのように敏感な上顎を舐められ、身体を大きく震わせた。

下の中心はキスのあいだも布ごしに優しく撫でられているが、その刺激だけで達けそうなほど熱を高められていた。

「ん、あ……仁科……」

身体の疼《うず》きがせつないほどになってきて、息継ぎの合間に名を呼ぶと、男の顔がすこしだけ離れ、見つめられた。

熱っぽいまなざしに、心臓が痛いほど拍動する。

「蓮さん……俺にも、さわって……」

縋《すが》りついていた手をとられ、仁科の中心へと導かれた。自分がされているのとおなじように恐る恐る膨らみを撫でると、徐々にそこが硬くなり、熱を帯びてくる。

ふたたびキスをされ、仁科の手が下着の中に侵入しようとしてくる。蓮はうろたえてその手をつかんだ。

「ま、待て」

そこは限界間近まで張りつめていて、じかにさわられたら、我慢するまもなくすぐに達ってしまいそうだった。

「なんです」

「お、俺はもういいから……」

「ああ、達っちゃう？」

蓮の赤い顔を見て、仁科が薄く笑みを浮かべる。

「もう、そんなに感じちゃったんだ……キスしかしてないのに」

からかわれても、そのキスがうますぎるせいだろうと文句は言えず、蓮は悔しく思いながらもますます顔を赤くする。

「あなたって本当に、俺のキスが大好きですよね」

「……おまえだって、興奮してるくせに」

「ええ。でも、繋がるにはまだ足りないです」

仁科の長いひとさし指が、蓮の唇にふれる。

「ここで、してもらってもいいですか」

「……あ……」

「待ちきれないんでしょう？　早くあなたをかわいがってあげるためです」

誘惑するようなまなざしとその言葉に唆《そそのか》され、蓮は生唾《なまつば》を飲み込み、視線を下へおろした。

仁科はズボンと下着を脱いでベッドへあがると、胡坐《あぐら》をかいて蓮を促す。

「あなたも脱いで」

恥ずかしさより欲望が勝った。蓮はどきどきしながら服に手をかけた。が、煌々《こうこう》とした照明と仁科の視線が気になる。扉へむかい、その横にあるスイッチを押して照明を消した。

室内が暗くなる。

「……なにも見えないんですけど」

「慣れれば見えるようになるだろ」

「薄明かりでいいから、つけません？」

「やだ」

その提案は却下して、蓮は服を脱いだ。

「でもこれじゃ、手さぐりですよ」

「それでいいだろ。嫌ならしない」

暗いといっても電子機器類のちいさな明かりはあるし、自室の空間はだいたい把握している。ベッドへあがり、影の塊へ腕をのばすと、仁科の膝《ひざ》にふれた。膝から太腿《ふともも》へとそろそろと手を這《は》わせ、中心の位置を確認にいく。

やがて指先に茂みがふれ、なかば兆したそれに行きついた。そっと形をなぞるようにふれ、やんわりとつかむ。身をかがめて、そこへ顔を近づけた。

「……っ……」

頭上から興奮したような息遣いが聞こえる。視覚が制限されているぶん、聴覚が鋭敏になっているようだった。

仁科の大きな手が頭にふれる。

「あなたの顔が見えなくて残念ですけど……、これはこれでいやらしい感じですね」

蓮はそれには答えずにもういちどごくりと唾を飲み、息を吸って舌をだした。

舌先に、先端がふれる。舐めると、仁科の味がした気がした。

張りでた部分を舐め、茎の裏へ舌を這わす。以前自分がしてもらったとき、どうされたら気持ちよかったか思いだしながら全体をひととおり舐め尽くすと、先端へ唇をつけた。すぼめた唇をすこしずつ開くようにしながら、口の中へゆっくりと迎え入れる。

それは蓮の口の中へ入ってきながら急激に硬く大きくなっていき、舌と粘膜を圧迫してきた。限界まで唇を開き、のどの奥まで咥《くわ》え込んでもすべては収まりきらず、足りないところは手で刺激する。

「ん……ふ」

舌を使い、唾液《だえき》をまぶすようにしながら抜き差しをしてみる。

「すごく……いいですよ」

仁科の色っぽい声に褒められ、その手に髪を撫でられる。

いやらしいことをしている、と思う。すこし前までは、自分が男のものを口に咥えるだなんて天地がひっくり返っても考えられないことだったのに。

仁科のものを咥えて、快感があるわけじゃないし、慣れない行為は苦しい。だが淫靡《いんび》な行為にひどく興奮していた。自分のほうは刺激されていないのに熱はますます高まっていて、早くこの熱をどうにかしてほしいと願う。この唇を犯す猛《たけ》りが、次には後ろに収まるのだと想像すると、腰が疼いてしかたがなかった。

「ちょっと、いいですか」

なんどか往復させたとき、仁科の手に動きをとめられた。うずくまった姿勢のまま、顔だけあげる。

「なに……」

「俺も、あなたの準備をしようかな、と……」

仁科が言いながら身体のむきを九十度横に変える。そして蓮の背中へふれた手を腰へと滑らせていき、双丘《そうきゅう》を撫でる。暗闇の中で手さぐりするように肌を撫でられる感触は、つぎにどこをふれられるか予測できないぶん、ぞくぞくと震えるような甘い刺激になった。

「あ……」

やがてその指先が入り口にたどり着く。表面を乾いた指の腹で撫でられ、反射的にきゅっとすぼめてしまう。

「力入れちゃだめですよ」

「だけど……なにか、塗るものを」

潤滑剤の用意などなかった。代用できるものはないかと考えかけたとき、仁科が蓮の足元のほうへ上体を倒した。

「舐めればいいでしょう」

蓮の腰を抱え込むような格好で、たくましい身体が上に覆いかぶさってくる。そして、尾てい骨の辺りから入り口にむかって舌を這わせられた。

「あ……あ……」

舌は入り口までくると、閉じた入り口に強引に潜り込んできた。襞《ひだ》を広げるように舐められ、唾液を送り込まれる。そのぬるついて弾力ある感触に、身体が震える。ぬぷりと音を立てて抜き差しされると入り口もひくつきはじめ、そこから溢《あふ》れた唾液が袋のほうへ流れてきて、身悶《みもだ》えるような快感を覚えた。

息があがる。

「や……だ」

「……嫌？　ここを舐められるのですか？」

「ん……っ」

「うそつきだな。好きなくせに」

舌はひと言喋るごとに引き抜かれ、そしてまた中に差し込まれる。

「違う……、んう……、っ……」

「俺の家で舐めてあげたときも、ものすごく感じてたでしょう」

たっぷりと濡らされて、入り口が蕩けてくると、舌の代わりに指が挿《い》れられた。

「今日も舐めてほしかったから、なにも用意してなかったんでしょう？」

指が内部で動く感触が、たまらない。

「ちが……、ん……っ」

「認めたくないのは、ここを舐められて感じちゃうのが恥ずかしいからですか？」

仁科は認めたくない事実をいちいち指摘して、蓮の羞恥《しゅうち》を煽《あお》る。

二本目の指を挿入されて、中をかきまわされた。奥まで探られ、異物感が快感に変わるまではさほど時間がかからなかった。

さらにもう一本増やされて、めいっぱいそこを広げられる。奥のいい場所をこすられて、

「あ、あ……」

勝手に腰が揺れそうになる。

まもなく指を引き抜かれて、仁科のものをそこに受け入れることになるのだろうとぼんやりと考えて、そういえば自分は仁科のものをほったらかしだったことを思いだした。

体勢を変えたため、咥えるのは難しかった。快感に震える手を伸ばしてそれを握り、刺激を加えた。自分のものよりもたくましいそれが、手のひらの中でびくりと反応する。

暗闇の中、自分と仁科の荒い息使いと、肌のこすれる音が響く。二人のあいだの空気が次第に圧縮されて熱を帯びる。

「は……あ……」

興奮で、頭がぼうっとしてきた。

早く、この熱をどうにかしてほしい。

恥も外聞もなくねだってしまいたくなった頃、後ろから指が抜かれた。蓮も手を離すと、覆いかぶさっていた身体が離れる。

「どうします。この姿勢で後ろから挿れてほしい？」

「あ……や……ふつうに」

抱きあってしたくて仰《あお》むけになると、黒い影に足首をつかまれて、大きく開かされた。入り口の辺りに、硬く熱いものが当たる。

「よく見えない……ああ、ぬるついてるから、ここかな」

手さぐりのように、入り口の周辺に先端をぐりぐりと押しつけられる。焦《じ》らすように尻の割れ目に沿って一往復したあと、やがて入り口のすぼまりにそれがフィットした。

押し当てられたその圧で入り口が開き、にゅる、と、すこしだけ中に入ってくる。

「ゴム、ないですけど。このままいいですよね」

興奮してかすれた声に確認された。

「あ」

酔いと興奮で意識になかったが、言われて初めてそのことに思い至った。

「誘っておいて準備がないってことは、この前みたいに中出ししてほしいってことですものね」

「そ、そういうつもりじゃ――」

仁科が深く息を吸った気配がした。直後に、ずぶりと入ってきた。

「あ……く……」

貫かれる快感に、背を仰《の》け反らして耐えた。それは早いペースで奥までやってきて、蓮の感じやすい粘膜に強烈な刺激を与える。すべてが身の内に収まると、仁科が興奮した息を吐いて動きをとめた。蓮も、子猫のようにふうふうと胸を喘《あえ》がせる。

「ふ……、は……」

気持ちよすぎて身体が小刻みに震えてしまう。きっと、仁科を包んでいる内部も喜ぶようにひくついているだろう。先ほど口に咥えた太さを思いだし、繋がっている場所をつい想像したら、無意識にきゅうっと締まったらしい。仁科がこらえるような声を漏らした。

「あなたの身体、ほんとに……いやらしいな。そんなに締めつけなくても、すぐにもっと気持ちよくしてあげますから」

「な、そんなつもりじゃ……あ、あっ」

仁科が腰を揺する。足首はつかまれたままで、限界まで左右に大きく開脚させられた格好で抜き差しがはじまった。

「っ、や……っ、あ……、待っ、こんな格好……っ、あ、……っ、ぁ、んっ……」

「こんなって？」

「脚、閉じて……っ、こんなに開いちゃ……」

開いた脚のあいだから、仁科の猛りが出入りする水音が聞こえてくる。

「誰も見てないですよ。俺も、残念ながらよく見えない」

ひと突きされるごとに快感が迸《ほとばし》り、身の内を駆けめぐる。奥のいいところをぐいぐいと刺激され、不意打ちのように大きく腰をまわされ、蓮はたまらず嬌声《きょうせい》をあげた。

「これ、気持ちいい？」

「やっ……あ、ぁ……っ」

「あなたの『や』は『いい』って意味でしたっけ……ああ、すごい、吸いついてくる」

いいところをこすられると、中の粘膜が素直な反応を示し、仁科のものを刺激していた。

だから仁科もそこばかりを攻めてくる。

はじめから手加減なしの快楽に落とされて、蓮は嵐に巻き込まれたかのように翻弄された。

「あっ、あ……、っ、……仁科……ぁ」

「気持ちい……。あなたの中、ぬるぬるして、柔らかいのに、吸いついてきて。俺の形に密着して――」

「だから、言うなばか……っ、ひ、んっ」

「褒めてるんですよ。……あなたが気持ちいいと、俺も気持ちよくなる。だから、もっと気持ちよくなって」

なんだかんだ言いながらも、今夜の仁科はお仕置きモードだった前回と違って優しい気がする。我慢を強いられる気配はなさそうで、安心して身を任せられそうだった。

甘いささやきに唆されるように、蓮も夢中で快楽を追った。もっと奥まで受け入れようと、腰を揺らし、身をくねらす。

「あ……ああ」

快感で涙がこぼれ、喘ぎ声がとまらない。

抜き差ししながら話す余裕があった仁科もいつしか言葉すくなくなり、荒い呼吸をしながら腰使いを速めてくる。

互いの快楽の熱が存分に高まってきた頃、開脚していた両足を、肩に担がれた。そのままたくましい上半身が覆いかぶさってくる。

「ん、う……っ」

腰がすこし浮きあがる。中ほどまで引き抜かれた楔《くさび》が、上から叩きつけるように押し入ってきた。身体の中でいきなり火が弾《はじ》けたような気がした。

「ああ……っ」

また引き抜かれ、深々と叩きつけられる。スパートをかけるように、仁科が激しく腰を打ちつけてくる。身体中を巡っていた快感が凝縮されて熱を帯び、出口を渇望する。

「あ、あ……もう……っ」

男の汗ばむ腕につかまり、夢中で限界を告げた。

「いっしょに」

「んっ……」

導かれるまま素直に頂点を目指し、まぶたの奥にゴールが見えた、その瞬間。

ガチャ。と、玄関が開く音が届いた。

「——ただいまあ」

涼太の声である。

蓮がぎょっとしたのと同時に、仁科の動きがとまった。

「あれ。お客さん？」

玄関にある仁科の靴を見たのだろう、涼太が呟きながら廊下を歩くのが扉越しに聞こえてくる。

なんで帰ってきたんだ。

泊まるんじゃなかったのか。

いやそれよりも、この状況はどうすればいい。

「あれれ？　兄ちゃん？」

やがて居間のほうから涼太の呟きが聞こえた。来客のようなのに居間に人けがないことをふしぎに思ったのだろう。蓮の部屋の照明がついていたら、扉のすきまから廊下へ明かりがこぼれるので在室に気づく。しかしいまは真っ暗だ。部屋から出ていったら、暗い部屋でふたりでなにをしていたか涼太にばれてしまう。といってこのまま息をひそめているわけにも……。

どど、どうしよう。

「仁科、離れてくれ。涼太が帰ってきた」

ともかく身体を離そうと、焦りながら小声で頼んだ。

「涼太にばれる。早く顔をださないと」

身体の奥深くまで埋まっていた楔がゆっくりと抜けていく。しかしそのまますべて引き抜かれると思ったそれは、ふたたび中へ入ってきた。

「……っ」

抽挿が再開される。それも、音を立てるほど激しく。

「に、にし……っ、涼太が……んっ……っ」

驚いて制止の声をかけようとしたが、嬌声が出そうになり、慌てて口を押さえた。

攻めたてられて、中断する前とおなじところへ持っていかれる。仁科の腰使いは先ほどよりも激しくなったかもしれない。ベッドの軋《きし》む音がぎしぎしと響く。貫くごとに、まるでわざとのように肌を打ちつける音を立てられる。

仁科の下腹部が蓮の尻にぶつかるごとに、独特の音が響く。抜き差しの水音も。大きな音ではないが、耳を澄ませばきっと廊下まで聞こえる。それ以上に、ベッドがリズミカルに軋む音が派手になってきた。

「涼太が……、やめ……っ、涼太がいる……っ」

これでは涼太に気づかれてしまう。口を押さえたまま、くぐもった声でどうにか訴えるが、仁科はやめようとしない。

「すみません……この状態でお預けは、無理です」

荒い呼吸のあいまに告げられた。

「でも、涼太がっ」

「帰って来たのが悪い。どうせもうばれてるでしょうから、いっそ聞かせてやりましょう」

仁科は口を押さえていた蓮の両手をつかむと、口元からはずし、シーツに縫いつけた。そのまま腰を打ちつけてくる。

「やめ――、あ、あっ!」

いいところを深々と突かれ、大きな嬌声が漏れた。

嫌だ。いまのは絶対涼太に聞かれた。ぎゅっと目を瞑《つむ》り、奥歯を食いしばった。

「いい声がでましたね」

仁科の笑いを含んだ声が届いた。

「やめろ、仁科……あ、ん……っ、ん……っ」

唇を噛みしめてこらえようとするが、容赦なく快楽を注ぎ込まれて、高い声が漏れてしまう。

「蓮さん。さっきより興奮してるんじゃないですか?」

部屋の外まで聞こえるような声量で話しかけてくる仁科は完全にサドモードで、この状況

を楽しんでいた。わざとベッドを激しく軋ませ、蓮にも声をださせようとしているようだ。

「んなわけ……、な……っ、……あっ」

「でも、締めつけがすごいですよ」

ぎりぎりまで引き抜かれた楔を、いきおいよく奥に叩きつけられる。繋がったところから、ぐちゅん、と淫《みだ》らな音が響いた。

「弟に聞かれて興奮するだなんて、いやらしいな」

「……っ」

「そうだ。春口をこの部屋に呼んでみましょうか。あなたのこんないやらしい姿を見せたら、あいつはどう思うかな」

「ばか仁科っ……や、あっ」

パニックになっているところに激しい快楽を与えられ、さらに言葉で煽られて、もう、どうしたらいいのかわからない。

「あ、ああ……っ」

けっきょくこらえきれずに散々喘がされ、すすり泣きながら絶頂を迎えた。ほぼ同時に仁科も達き、中に注がれる。

「あ、ばか……中に……っ」

焦って身体を引こうとしたが、しっかりと腰をつかまれた。奥の繋がった場所からどくどく音がするのが、身体の中から伝わってきた。

「ええ。中にだしてますよ。いっぱい。中出ししてほしかったんでしょう?」

話しているあいだも熱い液体を放出されているのを粘膜に感じる。

「たくさんだしましたから、弟の前でこぼさないように気をつけてくださいね。ズボンのお尻が濡れているのを弟に見られたら、恥ずかしいでしょう?」

仁科は気持ちよさそうに吐息をこぼし、意地悪く笑った。

「それとも、恥ずかしい思いをしないように、先に俺からあいつに言っておいてあげましょうか。もしあなたのお尻が濡れていても、それは俺の精液を溢れさせちゃっただけだから、見て見ぬふりをしてやってくれって。あなたがはしたないんじゃなくて、あなたの中にたくさんだした俺が悪いんだって」

蓮は黙ってそれを聞いた。

仁科の雄の香りが自分の身体から立ちのぼってきた頃、楔がようやく抜かれ、身体を解放される。

「起きられますか」

仁科が手を伸ばしてきたが、蓮はそれをふり払い、身を起こした。

中にだされたものが、とろりと流れ落ちてくる感触。それから身体のけだるさに顔をしかめつつ、パジャマを着る。

仁科を無視して部屋から出ると、居間にいるかと思った涼太が、ニット帽子をかぶりながら玄関で靴を履いていた。

「また出かけるのか」

「あ、兄ちゃん。えーと……お邪魔かな～なあんて思って……」

涼太が目を泳がせる。

「おまえは行かなくていい。仁科ならすぐ帰るそうだ」

不機嫌に言ったとき、仁科もパジャマを着て部屋から出てきた。

「春口。留守にするんじゃなかったのか」

「うん。そのつもりだったんだけど、三上さんに仕事の急用ができちゃって。えと、仁科くん、お泊まりしないの？」

「そのつもりだったんだが」

「仁科は泊まらない」

蓮と仁科の涼太への返事は、ほぼ同時だった。

横に並び立った仁科が、さりげなく蓮の肩を抱き寄せようとする。気づいた蓮は、さわられる前にすいと避《よ》け、自室へ戻った。そして室内に吊《つ》るしてあった仁科のスーツや荷物をまとめて持ってきて、男の胸に押しつけた。

「蓮さん」

「帰ってくれ」

　一瞬だけ見あげてきつく睨むと、ぷいと顔を背けて自室へ戻り、ばたんと大きな音を立てて扉を閉めた。

「ええと……。タイミング悪くてごめんね？」

扉のむこうで涼太が仁科に言っているのが聞こえた。

「兄ちゃん、かなり怒ってるかも」

「聞こえたか」

「うん……あれはちょっとやりすぎだったんじゃないかなあ」

その通りだ、と蓮は弟に同調して耳を澄ませる。

仁科はどう答えるか。

ドアをノックして名を呼ばれたぐらいでは開けてやらない。土下座して謝っても、許さない。どれほど謝られても、今夜は許してやらない。そんなことを考えつつ外の様子を窺っていると、すこし間があき、

「……素直に退散するか」

余裕ぶった声が聞こえてきた。

仁科は蓮に謝るどころか声をかけもせず、脱衣所でスーツに着替えてすみやかに帰っていった。

仁科櫂。なんて最低な男なのだろう。

弟が帰ってきたのに、やめてくれと言ったのに続けるだなんて信じられない。それもわざと聞かせるようにするだなんて。

せっぱ詰まった状況でとめられなかった男の性《さが》はわからなくもないが、音を立てないようにすることはできたはずなのに。

「仁科の変態っ。ばーかばーかっ」

蓮はベッドに突っ伏して恋人を罵った。それだけでは足らず、枕をぶんぶんふりまわして八つ当たりしたら、先月補修した箇所がまた破れて中の羽毛が飛び散った。

それもやっぱり仁科のせいだ。枕が破れるのもなにもかも、仁科が悪い。

「変態サド魔王め……」

なんであんな男を好きになったのだろう。我ながらふしぎだ。

いけ好かない男だと思っていたのにいつのまにか惹かれていて、気づいたら恋に落ちていた、なんて。謎だ。自分の趣味と思考回路を疑う。

男との恋愛経験は初めてだが、女性とつきあったことは、ごくわずかながらないわけではない。蓮のブラコンが原因ですぐにふられたが、ごく普通の恋愛だったと思う。

仁科とは、それとはまるで異なる。女性相手のときは自分がリードしていたのに、仁科が相手だと、いつのまにか彼のペースに乗せられて踊らされている気がする。

そういえば、いつのまにか自分が抱かれる立場に収まっている。

初めて抱きあったときは、抱きあいたいとは思ったが抱かれたいとは思わなかったはずだ。酔いといきおいで夢中で、自然とリードされて抱かれていた。いまでは自ら抱かれたいと思い、その思考に疑問さえ抱かずにいたのだから恐ろしい。

体格から考えても自分が抱かれるほうが自然なのだろうとは思うし、気持ちいいから不満ではなかったが、こういうことがあると、リードを任せるのは考え直したくなる。

仁科には、本当になにもかも調子を狂わされる。気持ちよく楽しいことばかりでなく、不愉快なことが多い。

「あんなやつのどこがいいんだ俺」

想いを通じあわせたら、以前のような生意気な態度をとることもなくなるかと思いきや、仁科はやっぱり仁科だ。

いや。よくよく思い返してみれば、つきあいはじめてからのほうが意地悪がエスカレートしてないだろうか。つきあう前は、忙しいのにそんなそぶりも見せずに仕事のトラブルを助けてくれたり、シャンプーのサンプルを調合してくれたりもした。それが気持ちを通じあわせたとたん、お仕置きをされたり、会社でセクハラされたり……。

口先でからかうだけならば、まだ許せる。でも今夜のは度を越していた。

恋人ならば、相手のことを気遣うものじゃないだろうか。好きならば、きらわれるようなことをしないものじゃないだろうか。

謝りもせずに帰っていったのも許せない。

いちど好きだと相手に言われたら、あとはなにをしても許されるとでも思っているのだろうか。

「……あいつ、俺にきらわれてもかまわないのか？」

あの男はいったいなにを考えているのか。

思えば、きちんと好きだと言われたわけでもない。

もちろん、態度や物言いから、好意があるのはわかる。好きじゃなければ男を抱いたりしないと言われた覚えもあるから、多少なりとも好きだという気持ちはあるのだろう。

けれど、それってどの程度のものなのだろうか。

本当は、自分のことをたいして好きじゃないんだろうか。からかいがいのあるおもちゃとしか思われていないのだろうか。それともただ、遊ばれているだけなんだろうか。

「遊ばれてる……？」

胸にぽつりと疑念が湧《わ》いた。そんなはずはないといったん打ち消してみたものの、その疑いは急速に胸の中に広がって侵食する。

自分たちは恋人同士になったのだと思っていたが、そう思っているのは自分だけだったりしないか。身体の関係があるからといって、これはつきあっていると言っていいものか。考えれば考えるほど仁科のことがわからなくなり、それに比例して頭の中が彼でいっぱいになった。遊ばれているだなんて思いたくないが、でもこれは……。

「ほんとに、なんであんなやつなんだろ……」

身じろぎすると、仁科と繋がっていた場所がじんじんと疼いた。いつまでもとろとろとこぼれてくるものに、眉をしかめたくなる。

あんな状況だというのに、たくさん中にだされた。そのせいで身体も部屋も、仁科の匂いが充満していて不愉快だ。

嫌だと言いながら達ってしまった自分も自分だが、だからこそよけい悔しくて涙が滲む。

「ちゃんと謝るまで、許さない……」

しばらくは口もきいてやるもんかと蓮は心に誓い、浴室へむかうことにした。

翌日は仁科と過ごすつもりであけていたのだが、予定がなくなったので、蓮は家事や雑用をして過ごした。

「涼太、今日の予定は？」

食卓で蓮特製のプリンを食べていた涼太が首をかしげる。

「んー。どうしよ。三上さんと過ごす予定だったんだけど、彼、忙しくなっちゃったし……」

「仕事とか言ってたか。今日も？」

「そうみたい。お昼食べたら、ちょっと出かけようかな。あ、家事で手伝うことある？　買ってくるものとか」

「いや。これといってないかな」

涼太は昨夜の蓮の痴態については話題をふってこないし、もちろん蓮も口にしない。白々しいほど普段どおりにふるまい、昼過ぎに涼太は遊びに出かけた。

ひと晩が経過したら蓮もやや頭が冷えてきて、あれほど怒った自分も大人げなかったかなと反省する気持ちも芽生えていた。なにも追いだすことはなかったかもしれない。

でもやっぱり仁科の仕打ちを思いだすと、彼にも反省を促したい。昨日のあれはひどすぎる。遊びじゃないのであれば、きちんと誠意を見せてほしい。

彼からの謝罪のメールや電話は、いまだない。

「早く謝れ、ばか」

ひとりでいると苛立《いらだ》ちが再燃しそうなので、蓮も気分転換に出かけることにした。あの男のことを思って一日を無駄に過ごすのはもったいない。

ブルゾンを羽織りながら廊下に出たとき、鞄に入れた携帯が鳴った。

だして見ると、仁科からのメールだった。

今日の予定は？　とだけ書かれている。昨日の謝罪はない。

「……なにが今日の予定は、だ。ばか」

まずは謝罪からだろうが。

これで予定はないとでも返信したら、昨夜のことなど忘れたように、会おうと誘われそうだ。先日セクハラされたことがいい例で、あれもけっきょく謝罪のひとつもなく、うやむやにされたのだ。

冗談ではない。

ひと晩経ってせっかく頭が冷えたのに、怒りが再燃した。

「反省するまで徹底無視してやる」

無視だ無視。大人げなくていい。ひと言でいいから謝らせたい。

そうでもしないと、この男はきっと増長して、もっと意地悪をするだろう。

「謝るまで絶対ぜったい許さないいんだからな……っ」

昨夜の誓いを固くし、蓮は返信せず携帯をしまった。

三

日増しに寒さの増してくる月曜の早朝、出社した蓮はいつものように同僚とあいさつをかわすと、分析依頼のボックスからサンプルをとりだし、自分の担当している機器の前に立って作業を開始した。

開始して一時間も経った頃だろうか。手元の試験管に集中していると、ふと、背後から誰かが近づいてくる足音がした。同僚の戸叶《とかの》あたりだろうと気にもとめずにいると、右どなりに背の高い男が並び立った。

「電話、どうして出てくれないんですか?」

仁科の声。ぎょっとして顔をむけると、白衣姿の男の、冷ややかなまなざしに見おろされていた。

「メールも返してくれないし」

「……仕事中だぞ。あとにしろよ」

土曜日だけでなく日曜日にも仁科から携帯に連絡があったが、あいかわらず謝罪の文面はなく、ごめんなさいの一文を見るまではと意地を張って無視していた。その話をこんな場所でされても困る。

小声でたしなめて顔を手元に戻すが、仁科は口を閉じようとしない。

「相談なんですけどね。聞いてくれますか」

と、勝手に喋りだしてしまう。

「恋人が不機嫌で。弟が帰ってきてもエッチを続けたからみたいなんですけど。どう思います？」

声をひそめてはいるものの、まわりにも聞こえそうだ。いや、ななめ後ろにいるはずの戸叶にはきっと聞こえただろう。

蓮は息がとまりそうなほど慌てた。

「こ、こんなところでそんな話……おまえ、サイテーだなっ」

「あなたが電話で相談に乗ってくれないからですよ」

「仕事の用がないなら、さっさと帰れ。邪魔するなよ」

「俺の恋人、超ブラコンなんですけどね、あなたもブラコンだから、気持ちがわかるんじゃないかと思って」

仁科はこちらの焦りを無視して喋り続ける。なんて嫌がらせだ。そんな卑怯《ひきょう》な手を使われたら無視できないじゃないか。

これ以上とんでもない発言をされるわけにはいかないので、蓮は顔が赤くなりそうになりながら、とりあえず答えた。

「そ、そ、そりゃ、誰だって怒るんじゃないか」

「そうですかね。親ならともかく、弟ですよ」

「弟だって嫌だろ」

ひと言も喋らず無視を貫こうと思っていたのに、仁科のペースに乗せられてまんまと喋らされている。固めたはずの決意をほんの三日で崩されてしまった。

「それから……恋人が不機嫌なのはそのことだけじゃないんじゃないか？　し、知らないけど」

「他にも？　独りよがりなエッチをした覚えもないんですけどね。相手もよさそうだったし。なんだろう」

「そんなこと、自分で考えろよ……っ」

人の職場でなんどもエッチとか言うなバカ、と思ったら、うっかり声が大きくなってしまった。

「どうした。なにか、問題でもあったか？」

離れた場所にいたグループ長の耳に入ったらしい。声をかけられ、蓮は身をすくめた。

「いえ、なんでもないです。すみません」

「そう……？」

グループ長が不審そうに蓮と仁科の顔を見比べる。その、歳相応にしわの刻まれた上司の顔に、仁科が澄ました顔をむけた。

「先週依頼した分析の結果で、疑問点がありまして。担当者が春口さんだったようなので、そのことで話していたところです。騒がしくしてすみません」

いったいいつそんな話をしていたというのか、とつっこみたくなる嘘八百を流暢《りゅうちょう》に口にする。

「そうか。それは大事なことだろう。春口くん、自分で考えろなんて言わずに、ちゃんと対応してやってくれよ」

「……はい」

上司は仁科の言葉を疑わず、蓮に注意を促した。

なんなんだこの男はと、蓮はとなりにいる男の横顔を睨むように見あげた。こんな立ちまわりのうまいやつなんて信用ならないと思う。本当に、どうして自分はこんな男を好きになったのだろうか。

上司の注意がこちらから離れたのを見計らって、蓮は手元に目を戻し、ぼそぼそと仁科に文句を言った。

「そんなことを話しに来たなら、帰れよ」

「用件は、仕事の話もあるんです」

仁科がからかう口調をやめ、手にしていた伝票を蓮に見せた。

「いま言ったとおり、この結果について疑問がありまして」

まじめな調子で言われ、蓮は試験管を置いてそちらに目をむけた。仕事の話ならば聞かないわけにはいかない。

「この液クロの結果、春口って署名があるから、蓮さんが分析したものでしょう?」

「ああ……そうだな」

伝票は、先週蓮が担当して提出した分析データだった。液体クロマトグラフィーという分析機器で分析したもので、仁科の所属する第三研究室の依頼だったから妙に意識してしまい、仁科のことを考えながら作業したのを覚えている。

「それが、どうした」

「これ、どんなふうに分析かけました?」

「どんなって……ふつうに」

伝票の線グラフを目で確認しながら、首をかしげる。

なにもおかしなところはないように思えた。仁科のことを考えていたからといって、いい加減にやったわけではない。むしろいつも以上に注意を払ったから、ミスはないはずだ。

仁科がグラフ上の空白に指を差す。

「俺の予想では、ここにピークが出るはずなんです。でも、なんの反応も出てない」

蓮はぽりぽりと頬をかいた。

「出るはずと言われても。出てないってことは、ないんだろ」

「そんなはずはないんです」

「そう言われても」

「もういちどやっていただけますか」

「え？」

「これ、おなじサンプルです」

仁科がポケットから容器をとりだして手渡してくる。

「お願いします」

強い口調で頼まれた。

蓮は眉をしかめて仁科の整った顔を見あげた。そのまなざしは、強い光を放って蓮を見つめていた。

再度やれと言うことは、こちらのだした結果を信用していないということである。

「いまから？」

「できれば。ちょっとこれには納得できないんで」

蓮にも分析員としてのプライドがある。納得できないなどと真っ向から言われて、さすがにいい気分はしない。

「……いまやってるのが途中だから、それが終わってからになるけど」

「どれくらいかかりますか」

「……あと、二十分ぐらい」

「じゃ、その頃になったらまた来ます」

仁科は白衣を翻していったん退室した。そしてきっかり二十分後にふたたびやってきた。

「できますか」

「ああ……。でも、なにもわざわざついてなくとも、一時間もすればできるから、結果を送るけど」

「いえ。手順を見たいので」

「……邪魔なんだが」

「邪魔しないようにします」

手順を初めから見たいだなんて、まるっきり信用していない発言である。データに対する思いが強いだけで、ばかにしているつもりはないのだろうといいように受けとめてやろうと思っても、やっぱりムカついた。

本当に嫌な男である。

しかし仕事だ。要請を受ければ、やらないわけにはいかない。

仁科の強い視線を感じながら、蓮は無言で処理をはじめた。機械にかけて数十分。データがあがった。

「でたぞ」

パソコンモニターにデータが現れ、椅子にすわる蓮の背後から仁科が覗き込んでくる。

結果は、最初にだしたものとおなじだった。

「おなじだな」

仁科もわかっているだろうが、あえて口にだして言ってやった。

「…………」

無言でデータを食い入るようにみつめる男の横顔に蓮はちらりと目を配った。

「いくら見ても、結果は変わらないぞ」

「……おかしいな」

仁科は眉を寄せ、納得できない顔をする。

「でも、これが結果だ。おまえも最初から立ちあって確認しただろう」

「俺の予想ではここにピークが出るはずなんです。絶対、出るはずなんだ」

画面上のなにも示されていない場所を睨みながら、ぶつぶつと呟いている。

しかし蓮の手順におかしなところはないことは仁科も確認したのだから、結果を受け入れ難くとも、納得してもらわなくては困る。蓮は肩をすくめた。

「残念だが、絶対なんて言いきれることは、そうそうないんだよ」

「そうですね……絶対はない。つまり、この結果が覆る可能性もあるわけですよね」

もう文句はないだろうと思ったら、仁科はそんなことを言いだした。

「俺、やらせてもらってもいいですか。液クロ、空いてる時間ありますか？」

「これはまだ使うけど……あっちの壁ぎわに置いてるやつは空いてるんじゃないかな」

「使っていいですか」

「誰も使ってないなら、かまわないけど」

わかりましたと言って仁科はそちらへむかった。その背中は颯爽としていて、ほかのみんなとおなじ白衣姿なのにやたらと目を引く。ぼんやりと見送っていると、ななめ後ろで電子顕微鏡を見ていた戸叶がそばに寄ってきて、こそっと耳打ちしてきた。

「お疲れさん。彼、ずいぶんこだわってるみたいだな」

「ですね」

「あのさ、彼って、ちょっと前に話してた例の彼だよな。弟をふったとかいう」

弟をふった腹いせに落として、それから振る予定だったという話を、戸叶には打ち明けてあった。

「そうです」

「春口くんが落としてやるって息巻いてたけど、彼女、いたんだな」

話、聞こえちゃったよと戸叶が笑う。

「どんなことになるかとワクワク、いや心配してたけど、ま、そんなもんだよな。いくら春口くんが美人だと言ってもね。お互いノンケじゃどうにも発展しようがないよな」

「ええ……」

戸叶とはざっくばらんになんでも話す仲ではあるが、さっきの恋人のエッチ話はじつは自分のことなんです、もうノンケじゃなくなったみたいなんです、なぜか恋愛関係に発展しちゃったんです、とはさすがに言えず、頬を引きつらせつつ頷いた。

「それにしても、何日か前にふたりが話してるの見たときも思ったんだけど、春口くん、いいように遊ばれてるみたいだね」

「……遊ばれてるって」

週末、ずっと考えていたことをなにも知らないはずの戸叶に指摘され、一瞬身体がこわばりそうになる。俺、やっぱり遊ばれてるのか……？

「え、ほら。だって、いまもからかわれてただろ」

そういう意味か、とほっとして頷いた。

「ええ。まあ」

「やっかいそうなのに気に入られちゃったなあ」

「……そうですね。彼にとって、俺はいいおもちゃなのかもしれません」

蓮は皮肉気味に言った。戸叶の言葉には自分が思っているような深い意味はないとわかっていても、憂うつな会話だった。

「春口くんがいい反応するからだよ」

蓮の内心には気づかず、戸叶が笑いながら持ち場へ戻っていく。

蓮も自分の仕事をはじめた。仁科は自分でやっているのだから無視していいのだろうが、様子が気になってしまう。俺がやったらちゃんと結果が出ましたよ、なんて言われたら立つ瀬がないではないか。しばらく経ってデータが出た頃に仁科のいる壁際へ行ってみると、パソコンにデータが映しだされていた。

椅子にすわる男の背中に声をかける。

「どうだった」

「……おなじですね」

いつも余裕ぶった態度をとる男が、眉間《みけん》にしわを寄せて悔しそうな顔をしている。

「だろ」

対する蓮の表情は明るい。プライドが守られてほっとして、腰に手を当てて見おろした。

しかし仁科はどうしても納得できないらしい。

「もうしばらく貸してください」

再度処理にとりかかりはじめた。今度は前処理の方法を変えてチャレンジするようだ。

昼休憩になると、仁科は自分の研究室へ戻っていった。さすがに諦《あきら》めたかと思ったら、終業まぎわにふたたびやってきた。

「使ってもいいですか」

「……どうぞ」

許可を得て、分析をはじめる。

「粘るねえ」

その姿を見て戸叶がこっそり冷やかす。

終業時刻を過ぎ、分析員たちが帰りだしても仁科はしつこく続けていた。蓮はその背に声をかけようかと思ったが、考え直して自分も帰ることにした。

まだ、仁科から謝罪を受けていないのだ。

仕事中はプライベートと区別して対応してやったが、これ以上話をしたり手伝ってやる必要はないだろう。恋人の冷たい態度に気づいて反省すればいいと思った。

仁科は翌日も、翌々日も分析室へやってきた。そして機械をひとつ占領し、黙々と分析をくり返していた。どうしても納得のいくデータが得られないようで、あれこれ試行錯誤しているらしい。

彼も意地になっているのか、蓮に意見を求めてくることはない。だが必要物品を借りたいとかあの薬液はどこにあるとか訊かれるので、現在仁科がなにを試みているのかはだいたい把握していた。

そしてそれは金曜日まで続いた。

仁科から携帯に連絡がきたのは土日だけだ。それ以後は蓮にまったくかまってこなくなった。もちろん謝罪もない。この分析に夢中のようで、蓮たち分析員が帰ったあとも、深夜までひとりで黙々と作業しているらしい。反省どころか、恋人の存在すら忘れていそうだ。

「ほんとに粘るねえ。いつまでやるつもりだろうね」

戸叶が蓮に話しかけながら壁際の仁科の背中を眺める。

「自分の望む結果が出るまで、ですかね」

ちょっと呆《あき》れるしつこさだ。

「春口くん、手伝ってやったら？」

戸叶が蓮にからかうような目をむけた。

蓮はむっと眉間にしわを寄せる。

「なんで俺が」

「恩を売れるかも」

「あいつに恩を売って、なにかいいことあるんですか」

戸叶がおどけるように蓮の肩を叩く。

「そりゃ、この世は持ちつ持たれつですから。なにかしらあるんじゃないの？」

「だったら戸叶さんが手を差しのべたらいいじゃないですか」

「それこそ、どうして」

「手伝ったお礼に女の子を紹介してもらえるかもしれませんよ」

「春口くんはわかってないね」

戸叶の人差し指が蓮の前で左右にふられる。

「女の子はみんなイケメンが好きなんだよ。そのイケメンに紹介されたって、女の子は俺のほうなんか見向きもしないよ」

「そんなことは……人それぞれ好みがあるんだし。戸叶さんもかっこいいですよ」

「ああそうさ、俺はかっこいいよ。でも『なにげに』なんだろう？　なにげなさすぎて誰も気づかないかっこよさなんて……っ」

戸叶が舞台俳優のように大げさに悲嘆に暮れた表情をして首をふる。

「……根に持ってました？」

そういえば以前、なにげに男前ですよね、とかなんとか言ったような覚えがあるが、その言葉を覚えていたらしい。

「女の子は自力で探すに限るよ。ということでこのあと食事会があるんだよね。じゃあまた」

戸叶は軽口を言いたいだけ言って先に帰った。ほかの分析員たちも次々と仕事を終えて帰っていき、室内には蓮と仁科のふたりだけが残された。

蓮も、残業があるわけではない。帰ろうと思えば戸叶といっしょに帰れたのだが、仁科の物言わぬ背中が蓮を引きとめる。

戸叶に言われるまでもなく、いい加減仁科を放っておく気になれなかった。

許したわけではない。日中視界にいられると気になってしまって、自分の仕事も散漫になってしまうのだ。

――しかたがない。

謝るまで無視するつもりだったのに、なにやってるんだろうなあと己の意思の弱さと甘さにため息をつき、そばに近づく。

あのことをうやむやにするつもりはないし、怒りは依然としてある。それとこれとはべつで、仕事の協力をするだけだと自分に言い聞かせつつ手元を覗くと、仁科は薬品を測っているところだった。

「いま、なにやってる」

測り終えるのを見計らってから声をかけると、仁科が顔をあげる。

「前処理を……分子の大きさを変えれば、数値が出るかなと思って、試しているところです」

そう言って、作業を続ける。

「こだわるんだな」

「諦めるわけにはいかないですから」

呟くようなちいさな声なのに、それは強い意思を孕《はら》んでいた。

「どうしても、ここを打開しないと。このデータをとれないと、先に進めない」

薬品をサンプルに混ぜ、攪拌《かくはん》する。手元に注がれる男の目は一見冷静で淡々としているようなのに力強く、まだ姿を現していない未来を見据えている。

蓮をからかっているときとはまったく違う顔をしていた。

「いいもの、作りたいじゃないですか」

真剣な表情で仁科が語る。いつもかろやかでスマートそうなのに、仕事に対して熱い信念を抱いている男なのだと気づかされ、その熱意が蓮の胸にも伝播《でんぱ》した。

自分も、その製品開発に携わる一員なのだ。

直接研究開発を進めているわけでないから研究員たちのビジョンが見えにくく、日々のルーチン作業に埋没してしまいがちだが、自分にも、もっと関われることはあるかもしれない。

仁科は、蓮のだしたデータをおかしいと言った。

しかしそれは、蓮の分析を信頼していないのでも否定していたのでもなく、新たなことに挑戦しているだけなのだと思い、ふいに目の前が開けた気分になった。

「……あと、なにを試す？」

仁科がこちらへ目をむける。

「可能性があるのは、前処理の方法を変えて試みることだろう」

「ええ……」

「サンプル、分けてくれ。もう一台あるから、そっちでも試してやる」

仁科への怒りは、いまはひとまず脇へ置いておこう。

分析員の意地を見せてやろうじゃないか。

蓮は意気込んで仁科へ手を差しだした。

四

　蓮と仁科は土日も出勤して作業を続け、翌週も仕事の合間を縫って試したのだが、成果は芳しくなかった。

　その週の木曜日は先月の残業分の代休となっていた。仁科との分析が気になっているこんな時期に休みたくもなかったのだが、せっかくもらった代休を休みたくないと返上するのもひんしゅくを買いそうな気がして、おとなしく休みをもらった。

　午前中は家事をして過ごし、午後は平日の街へ買い物に出かけた。

　仁科はいま頃ひとりで試行錯誤しているだろうか。どうしたらうまくいくだろうなあなどと考えてみたり、それからパソコンのマウスを買い換えなきゃとか年末にむけて冬支度もしておきたいなどと雑多なことをとりとめもなく考えつつ、土日とは異なる様相を見せる街をあちこちまわっているうちに、小腹が空《す》いてきたのですこし足を延ばしてお気に入りのパン屋に行くことにする。蓮の通勤経路とは真逆なので普段はなかなか買いに来れないその店へ行く途中には涼太の勤める手芸店があり、思いついて立ち寄ってみた。

店に入ると、涼太は客の依頼を受けて生地を切っているところだった。一生懸命仕事に励んでいる弟はすこぶるかわいく、家で寛いでいるときとはまた違った魅力がある。朝も見たばかりだが飽きることはないのだ。弟観賞に満足し、それから店内に弟を付け狙《ねら》う不埒《ふらち》な男はいないか厳しく目を光らせる。この店は普通の小売店よりも特殊な材料を豊富に扱っているため、服飾専門学校の学生やプロのデザイナーなどの男性客が比較的多いのである。もしかしたら涼太目当てに通っている者はかなりいるかもしれないと蓮は疑っている。

不審者はいないかと、商品に目もくれずに客を観察している自分自身のほうがよっぽど不審者じみていることに気づかずに見まわしていると、生地を客に渡した涼太がこちらに気づいた。

「あ、兄ちゃん」

ぱっと花が咲いたような笑顔を見せて駆け寄ってくる。蓮は苦笑して手をあげた。

「悪い、邪魔するつもりはなかったんだ。仕事を続けてくれ」

「どうしたの。もしかして、パン屋さんに行く?」

蓮がこちらの方面に来るときはパン屋に行くことが多いのだと涼太も了解していた。

「行くなら、いつもの丸いパン買ってくれると嬉しいなっ」

「店に届けたほうがいいか?」

「ううん。帰ってから食べるよ」

「わかった。がんばれよ」

互いに手をふって、蓮は店を出た。

目的のパン屋は通りに面した店で、ビルの一、二階が店舗になっている。外見は古めかしく目立たないビルだが、内装はモダンだ。二階はカフェスペースになっていて、買ったパンをそこで食べることができる。蓮は二階席の真ん中辺りのテーブルにつくとカフェオレとサラダを注文し、なにげなく窓のほうへ目をむけた。

店内の客はまばらだが、窓際の席は埋まっている。その最も壁際のテーブルに陣取る男の横顔に、ふと目がとまった。

あれ、と思い、首をひねる。

あの顔はどこかで見覚えがある。

しかしすぐに思いだせない。

――誰だっけ……。

男に連れはなく、ひとりで新聞を広げていた。

見るからに薄汚れ、まるでゴミ箱から出てきたような風貌《ふうぼう》の男である。

そんな知りあいはいないから他人の空似だろうかと思ったとき、男の顔のむきがわずかに変わり、それを見たら男の正体に気づいた。

一重のまぶたに、口角の下がった口元。

涼太の彼氏の三上だ。

あ、と声が出そうになったが、口をなかば開けかけたまま、蓮は固まった。

三上は新聞を広げているのだが、紙面を見ていない。新聞で顔を隠すようにして路上へ視線を注いでおり、その視線の鋭さと禍々《まがまが》しさは、とても声をかけられる雰囲気ではなかった。

——なんだ……？

顔形はたしかに三上なのだが、先日会ったときとは雰囲気がまるで違う。スーツではなく、薄汚れて野暮ったいジャンパーを着ていて、無精髭《ぶしょうひげ》をはやしている。髪も何日も洗っていないかのようにべったりしているのが遠目にもわかる。一歩間違えば、浮浪者のようにも見えた。しかしそのまなざしの異様な鋭さは、浮浪者でも一般人のものでもなかった。

初対面のときに暗そうな男だと思ったが、暗そうどころの話ではない。いま目の前にいる三上は闇の気配を漂わせている。麻薬の密売でもしていそうな、あきらかに裏社会の人間の香りがしていた。

得体の知れない恐怖で背中に悪寒が走り、蓮は無意識に自分の身体を抱き締めていた。

声をかけるべきか、それともしばらく様子を窺うべきか。

迷っていると、三上が路上になにかを見つけたように唐突に立ちあがり、新聞を丸めながら大股《おおまた》で階下へ降りていった。そのすばやく無駄のない身のこなしも尋常ではない。

蓮は腰をあげて、たったいままで三上がすわっていたテーブルへ駆け寄り、外を見た。三

上らしき男の姿がちらりと見えたが、すぐに人の波に呑《の》まれて消えた。

「…………」

なんだ、あの男は。

テーブルへ視線を移すが、コーヒーカップが残されているだけである。

「お客さま、窓際へ移られますか」

ぼんやりしていると、注文した品をたずさえたウエイターに声をかけられた。

「あ……いえ。戻ります」

窓際の席のほうがいいが、三上がすわっていた席は気味が悪い気がしてすわりたくなかった。

蓮が元の席に戻ると、ウエイターが皿を置いて去っていく。

蓮は鮮やかなサラダに目を落とし、フォークを握ったが、すぐに食べる気分にはなれなかった。サラダからふたたび窓際へ目を転じ、三上のいた席を恐る恐る見つめた。

「……生地問屋……？」

彼は生地問屋で働いているはずだった。だが本当に、ただの生地問屋なのだろうか。

平日の昼間に生地問屋の人間が、薄汚い格好をしてカフェにいるのは、なにもかもがちぐはぐだ。

そもそも生地問屋の息子という話も本当なのだろうかと不審になる。働いているところを涼太は見ているのだろうから、完全なでたらめではないだろう。だが、なにか騙されていないだろうか。

いったい何者だろう。彼の言葉を信じていていいのだろうか。

――そういえば。

家で対面した三上と、たったいま目撃した三上の差を比較しながら記憶を思い返すと、ほかにも引っかかることが出てきた。

金曜の夜、三上と過ごすはずだった涼太が夜に突然帰宅したとき、三上に仕事の急用ができたのだと言っていた。

あのときはこちらも動転していたから聞き流してしまったが、生地問屋なのに、あんな夜中に急な仕事が入ったりするものなのだろうか。

生地問屋の仕事について詳しいことは知らないが、そんな不規則な仕事とも思えない。考えだしたらますます怪しく思えてきた。仁科には気にするなと言われたが、本当に、放置していいてだいじょうぶなのだろうか。

仁科はサドだが、変な男を紹介することはないだろうと信用していた。だが、仁科も三上の裏の顔を知らないという可能性はあるのだ。

どれほど仲のよい間柄だったとしても、知らない一面というものは必ずある。自分も、涼太のことはすべて知っているつもりだったが、そうでもなかったという事実を最近知ったのだから。

ましてや仁科と三上は、知りあいの知りあいという希薄な間柄だ。

「………………」

どうしよう……。

興信所にでも依頼して正体を探ったほうがいいのだろうか。

いやしかし、いきなりそんなことをするのも大げさか。まずは涼太に注意を促すべきか。

思い悩み、ろくに味わうことなく食事を終えて店を出ると、蓮はもやもやした気持ちを抱えながら涼太の手芸店へ戻った。

「あれ、どしたの」

涼太がすぐに気づいてやってきて、手元の袋を見る。

「あ、パン届けてくれたの？」

「ん……ああ」

「家に帰ってからでよかったのに。でもありがとう。焼きたてのほうがおいしいもんね。休憩時間に食べるよ」

「……そうしてくれ」

涼太の屈託ない笑顔に鈍い反応をしながら、パンの袋を渡した。

「兄ちゃん、食パンはいらないよ」

袋の中から目当てのものだけをとりだしている弟のふわふわの髪を見おろしながら、低い声で尋ねた。

「三上くんは、今日はどうしてる」

「どうって、仕事じゃないかな」

「ここには来たか」

「ううん。問屋さんは、毎日来るものじゃないから。どうして？」

涼太が顔をあげ、大きな瞳で見つめてくる。

「いや……」

そこのパン屋で見かけた、とは、気軽に言えずに蓮は口ごもった。この胸に湧いた疑惑と不安を、きっとなにも知らないであろう弟にぶつけるのは躊躇《ちゅうちょ》した。

あの男は一般人ではないかもしれない。危険だから別れろ。そう言ってしまいたいが、パン屋で見かけた雰囲気が先日と違っていたという理由だけでは説得力がない。

胡散臭い男だと初対面のときから感じていたが、その自分の直感は正しかったのだという思いがいよいよ強まってくる。あの男の暗さには、やはりなにかあるのだ。けれど、決定的な証拠はつかんでいない。同時に、なにかの間違いであればいいという思いもすくなからずある。怪しい男が仁科の知人だとは思いたくない。

「はい。残りはいいよ」

涼太にパンの袋を戻されて、我に返る。

「ああ……じゃあな」

「うん。今日は早く帰れると思うから」

けっきょく弟にはなにも言えなかった。蓮の内心に気づかぬ涼太はまもなく接客のために離れ、蓮も店をあとにした。

五

三上《みかみ》のことを涼太《りょうた》には言えなかった。代わりに仁科《にしな》に相談するか、でもなあと悩んでまんじりともせず翌日を迎え、寝不足気味の頭で出社する。今日も午後になると仁科が分析室へやってきた。

「昨日はどうだった」

「だめでした」

さすがの仁科も、はあ、とため息をつく。

「いったいどうしたらいいのか。ま、やるしかないですけど」

白衣の袖《そで》を腕まくりしながらそう言った仁科が、ふと蓮《れん》の顔を見つめた。

「なんだか冴《さ》えない顔してますね。なにかありましたか」

「ん……寝不足なだけ。はじめよう」

三上の件で相談するか否か決めかねているが、ともかくいまは仕事である。促して作業を開始した。

やがて終業時刻になり、分析員たちが帰ったあとも蓮たちはそれまでとおなじように居残って試行錯誤を続けた。

空調の管理された室内では夜の寒さを感じにくいが、気がつけば窓から見える空は夜の色に染まっていた。

蓮は分析室のほぼ中央の作業台におり、壁際で作業する仁科の背中が視界に入る。こちらに目もくれず黙々と作業するその姿は、ケンカ中の恋人ではなくおなじ目標を抱《いだ》く仲間だと意識させた。

「ほんとに数値出るのかね……」

蓮に信じられるものは仁科の自信と信念だけであり、つい弱音が出てしまう。

分析機器にかけて、結果待ちで腰をおろしていた仁科が作業台に片肘《かたひじ》をつき、姿勢を崩してこちらをむいた。

脚を組み、疲れた顔をして力の抜けた格好をしていても、男の色気が滲《にじ》み出ていて妙にさまになっている。

「この薬品の反応だと、ここにピークが出るはずなんです。いままでの分析方法じゃ出なくても、きっとなにか手があるはず……」

仁科が、これまでにもなんどか聞いたセリフをくり返し、悩むように眉間《みけん》を指で摘《つま》む。

蓮も頭を働かせ、あれやこれやと思い悩む。

「もう、手を尽くした感があるけどな」

互いに手詰まり感はあった。しかし仁科はまだ諦《あきら》めないのだろう。

マイナスなことを口にしてやる気を削《そ》いでも意味はない。蓮はすこし気分転換が必要だと感じ、いったん部屋から出てエレベーターホールにある自動販売機で缶コーヒーをふたつ買った。それを持って分析室へ戻ると、ひとつを仁科に渡した。

「ありがとうございます」

蓮は仁科のとなりに立ち、作業台にもたれるようにしてコーヒーのプルタブを開けた。熱い湯気が気持ちを落ち着かせる。

自分が仁科のどこに惹《ひ》かれたか謎だと先日は思ったが、こういう仕事熱心なところは気に入っているんだよなとちらりと思う。

「今夜の夕食はどうします？」

「コンビニ弁当でいい」

熱い缶に唇を近づけながら、ぼそぼそと素っ気なく答えた。

仕事以外の話は冷たい態度で簡潔に済ますことにしている。怒っていることをアピールするのは継続中だ。と言いながら、コーヒーを買ってきてあげて、なおかつとなりで飲んでしまう辺りが矛盾していることにいまになって気づき、二歩ほどさりげなく仁科から離れた。

ケンカしながらいっしょに仕事をするのはやりにくいことこのうえない。いっそ割り切って仕事に没頭できればいいのだが、気になってしまってそれもかなわなかった。

仁科のほうはまったく気にしていそうにないのがこれまた腹立たしい。

「この結果が出たら、夕食買いに行ってきます。なにがいいですか」

「なんでも」

この数日、いっしょに遅くまで作業しているが、夕食は店屋物や弁当で済ませている。わざわざ店に行くひまがもったいない。

涼太の栄養管理は心配だけれど、自分の食事は弁当でかまわなかった。

涼太の夕食は朝のうちに準備してあり、レンジにかければいいだけにしてある。

涼太、ちゃんと食べているだろうか。

そういえば、三上は——。

弟のことを考えたら、昨日の三上のことも思いだした。

「…………」

昨日の三上の話を仁科にしてみようか。

蓮は仁科のほうへ視線を落とし、迷うように目をそらした。

仁科とは距離を置こうと決めたとたんに、なんの因果か毎日顔を突き合わせるはめになっているが、仕事以外の無駄話はしていない。謝罪も受けていない。このままうやむやにされてたまるものかと思うので、必要以上に会話するのを避けていたのだが、今日は蓮のほうが仁科に話したい気分だった。

三上は本当に信頼できる男なのか。

弟を任せていてもだいじょうぶなのか。

仁科にこの不安な気持ちを打ち明けてみたかった。しかし以前にも彼のことを話し、いい人だと聞かされてこの件に関しては話を収めたのに、また蒸し返して疑いを口にするのもためらわれる。

とりとめもなく思考をさまよわせていると、仁科が立ちあがって伸びをし、それから蓮の横に並んだ。せっかく二歩ぶん離れたのに、その距離を詰められてしまった。蓮の思惑を知ってか知らずか、仁科は澄ました顔をして蓮とおなじように作業台にもたれ、缶コーヒーを口にする。

コーヒーの香りに混じって、仁科の香りが漂ってくるような気がした。

仁科の香り……。

その香りに刺激され、職場だというのに先日の情事の濃厚な一場面を思いだしそうになり、蓮は慌てて一歩横にずれて、仁科から離れた。

「どうしました」

「べつに」

頬《ほお》が赤らみそうになっているのを見られたくなくて、怒ったようにそっぽをむく。いや、怒ったようにもなにも、もともと怒っているのだけれど。

「耳が赤いようですけど」

「うるさいな。気のせいだろ」

仁科が身を屈《かが》め、覗《のぞ》き込もうとしてくる。それを拒もうとして、蓮は背をむけた。すると仁科がまわり込んできて正面に立つ。

「なにを考えてます」

「べ、べつに……」

「俺はあなたのことを考えてますけど」

もしや、ついに先日の謝罪をする気になったか。蓮は視線をあげた。すると仁科はかすかに笑っていた。

「あなたといっしょに仕事するだなんて、なんだかおもしろいな、と」

謝罪ではなかった。どころか楽しそうに言われ、イラッとした。

この男は、恋人が怒っていることに気づいていないのだろうか。

いや。仁科に限ってそんなはずはない。わかっていながらスルーして内心で楽しんでいるに違いない。

「……俺は、おもしろいなんて思えないけどな。データが出ない云々《うんぬん》の話は、もしかして俺を居残りさせるための嫌がらせなのかと疑いたくなってたところだ」

嫌味のひとつでも言いたくなって、思ってもいないことを口にした。

するとと仁科の瞳が大げさに丸くなる。

「嫌がらせだなんて、ひどいな。仕事中も恋人といっしょに過ごせて、俺は喜んでたのに。あなたは俺といっしょにいられることを嬉しいとは思わず、嫌なことだと思っているわけですね。そうですか」

「それは……」

不意打ちに恋人と呼ばれ、ムカついていたはずなのに胸がときめいてしまう自分が情けない。本気で告白されているのではなく、からかう目的で軽く口にされているだけだとわかっているのに。それでも蓮はそうだとも違うとも言えなくなって、ぐっと詰まった。その様子を見て仁科が楽しそうな顔をするのが憎らしい。

こんなふうに人をからかうだなんて、もしかして本当に、蓮の怒りが持続していることに気づいていないのだろうか。

謝れと自分から言いだすのも子供じみている気がして我慢していたのだが、このまま待っていても謝罪の言葉を引き出すことはできそうにない気がしてきた。

「……そんなことを言う前に、おまえは俺に言うことがあるんじゃないか」

「あ……待って。終わりましたね」

いい加減謝れと自分から言ってしまおうかと思ったとき、分析が終了した。

パソコンモニターに結果が映しだされる。即座に頭を切り替え、ふたりでモニターの前に顔を並べた。

身を屈めてデータを見るふたりの眉間に、おなじようにしわが寄る。

「前よりはましか……でも精度がいまいちだな……」

「これじゃ使えないな」

結果は、さほど大きな進展は見られなかった。

ふたり同時にがくりと肩を落とした。

「どうしたら……」

頭を抱える仁科のとなりで、蓮は諦め気分で腰を伸ばした。

「こうなったらもうさ、根本的に考え方を変えたほうがいいのかもな」

「なにかいい案が?」

ちらりと横目で見あげてくる男に、蓮は苦笑して首をふる。

「まったくない」

仁科がシリアスに俯く。

「発想を変えたほうがいいんでしょうね。でも、どうしたら……」

思いつめてもいい発想はそうそう生まれないものだ。彼の気持ちをちょっと軽くしてやりたくなり、蓮は冗談を口にした。

「んー。じゃあさ、バッファー液８・０を、いっそのこと酸性に変えちゃったらどうだよ」

「酸性……」

「そう。それで、キレート剤でイオン沈殿させてさ。奇跡が起こるかも」

この場合で酸性にするのはありえないことだった。非常識なことを言って笑わせようとしたら、仁科がふと顔をあげた。そして真顔でパソコンを見つめ、次に分析機械を見る。

「……それは盲点ですね」

呟《つぶや》くなりすばやく立ちあがり、サンプルを手につかむ。

「え、いや、あの。仁科？」

「やってみましょうか」

そう言っているときにはもう、処理をはじめていた。

「いや、冗談だって」

まさか真に受けるとは思わず、蓮のほうが慌ててしまう。

「でもまあ、やってみない手はないかなと」

「……自棄《やけ》になってないか？」

「ちょっとだけ」

仁科が複雑な顔をして薬品瓶《びん》の蓋《ふた》を開ける。

蓮はそれに乾いた笑いを送って、自分の作業台のほうへ戻った。

提案はあくまでも冗談であり、あの方法で反応が出るわけがないのだ。それよりももっと現実的な手法を試みてみようと、蓮も作業を開始した。これでだめだったら、今日は諦めて家に帰ろうと思いながら黙々と進めることしばし、仁科のほうが先に分析が終了した。

パソコンの画面に映しだされたデータを目にした仁科が、震える声で呟く。

「……出た……」

「へ？」

「出……ました……。出ましたよ……」

一瞬ぽかんとした蓮だったが、すぐに床を蹴《け》った。途中で作業台の角を腿《もも》にぶつけながらも急いで仁科のもとへ駆け寄る。

夢中で画面を確認し、蓮はあんぐりと口を開けた。

「……うそだろう？」

仁科が絶対出るはずだと言っていた場所に、ピークが出ていた。これまでの常識では考えられないことだった。

「ありえない……」

自分で提案しておきながらなんだが、これは信じられない。

呆然《ぼうぜん》とする蓮のとなりで、仁科がこらえ切れないように笑いだした。

「この世には絶対と言いきれることがなければ、ありえないと言いきれることだってないはずです」

　笑ってうそぶく顔は、喜びで輝いていた。

「でもさ……あんな冗談……まさか……だって」

「すごいですよ。常識を覆してしまった。このバッファーと試薬の組みあわせは画期的かも。蓮さん、急いで論文を書かないと」

「いや、論文書くほどのことでも……」

「これをもうちょっと突き詰めていったら、書くだけのことにはなるんじゃないですか」

「ていうか、着手したのはおまえだろ」

「あなたの言葉がなかったら、やってなかったです」

　画期的で新たな分析方法の発見である。これが研究者として嬉しくないはずがない。蓮はようやく実感が込みあげてきて、背中が鳥肌立ち、指先が震えた。しかし、信じられない。

「……ア、……アインマル……」

「――イスト・カインマル？」

　大学時代に世話になった教授の口癖が思わずこぼれる。すると言葉の続きを仁科がすらりと口にする。ちょっと驚いて目をむけると、躍るようなまなざしとぶつかった。ふたりだけが共有できる世界が姿を現した瞬間を感じながら、蓮は頷《うなず》く。

「いちどしか起こらなかったことは、起こったことにはならない。確認しよう」

もういちど慎重にやってみたところ、ほぼおなじ結果が出た。

「これこそ冗談みたいだけど……はは。すごい。すごいぞこれは」

間違いじゃないと確認したら、仁科とおなじように笑いが込みあげてきて、跳びあがりたいほど興奮してきた。

「今日はお祝いですね」

喜びを抑えられずに破顔する仁科に、蓮も笑顔をむける。嬉しくて握手を求めたくなり、右手を差し出すと、大きな手にしっかりと握り締められた。それからどちらともなく無邪気に抱きあった。

「夕食、どうしましょう。これはもう、コンビニ弁当なんて言ってられないですね。奮発して豪勢にいきましょう」

「そうだな」

頷きかけて、蓮は仁科の背中にしっかりと腕をまわしている自分にはっと気づいた。

この男のことはまだ許したわけじゃないのに、思わぬ発見に興奮して忘れていた。こんな態度をとってはいけないと、慌てて身体を離した。

「今日はこれで帰りましょう」

仁科は蓮の心中には気づかず、浮かれたようにカラム洗浄し、作業台を片付けはじめる。

それを見て蓮も自分の作業台を片付けに戻った。

「食事、どこに行きます?」

「あ……」

どうしよう。

データがとれた興奮は冷めやらず、この喜びをもうしばらくふたりでわかちあいたい気持ちはある。仁科もそうだろう。食事を断ったら、その気持ちに水を差すことになる。

しかしいまは怒っている最中なのだ。

お祝いということで、今日だけは忘れてやるか? いや、しかし甘い顔をしたら、この男をますますつけあがらせるだけだ。こんなもやもやした気持ちを抱えたままでは、夕食に行ったところで最後まで楽しく会話できるとも思えない。

「蓮さん?」

「――あ、いや……」

仁科がふり返る。

迷った末、蓮は首をふった。

「食事はいい。このまま帰る」

「え? どうして。行きましょうよ」

「いや。涼太の食事の用意があるから……」

答えたとたん、こちらを見つめる仁科の顔が仮面をつけ替えたかのように不機嫌なものになった。

「……弟の食事って……」

華やいでいた声が急降下する。

「でもこんな時間ですよ？　あいつも、もう食べてるんじゃないですか？」

「今日はちゃんと用意してこなかったんだ。だから待ってるかもしれないし、いちおう」

仁科がしらけた声で、ふうんと言った。

「このところ残業続きだったから、あまりちゃんと顔をあわせてないんだ。久しぶりにいっしょに食べてやりたいし」

「……そうですか」

それからふたりとも会話もせず片付け作業をした。

蓮は容器を洗浄機にかけながら、もやもやした気持ちが膨れていくのを感じた。

自分だってお祝いしたいし喜びを素直に表現したい。でも仁科の仕打ちは許していないのだ。謝ってもらわないうちはいっしょに喜べない。こだわりすぎかもしれないが、けじめはつけたかった。そうでないと、今後もつきあっていける自信がない。

涼太の夕食を言いわけに使ったが、本当はちゃんと用意してある。顔をあわせていないとも言ったが、昨日は代休だったのでいっしょに夕食を食べたし、昼間も店まで顔を見に行ったりもしたのだけれど——などと思ったところで、昨日の三上のことをふたたび思いだした。

そうだ。三上。

背筋がゾッとするような、陰気な顔。暗く鋭いまなざし。

生地問屋という話だが、裏の顔を持っていそうな男。

やっぱりあの男はやばいことに手を染めているんじゃないか。仁科の先輩に、どんな男かきちんと確認したほうがいいんじゃないだろうか。

相談したい。

片付けを終えて分析室を出る頃には、そのことで頭がいっぱいになっていた。発見の興奮により頭の中が異常に活性化しているのか、雑多な考えが飛び交って落ち着いて考えをまとめられない。

仁科に相談するなら日を改めるべきかもしれないと思ったが、明日からは、頻繁に分析室へ訪れることはなくなるかもしれないし、こちらも謝るまではと意地を張っている最中で、いまを逃すとよけい話しにくくなりそうだ。

終業時刻を大幅に過ぎた廊下は照明もほとんど消えていて、非常口誘導灯の緑の光ばかりが目立つ。

薄暗く人けのない廊下を歩きながら蓮は悶々《もんもん》とする。

「……仁科。こんなときになんだけど、三上くんのことなんだが」

けっきょく、悩んだ末に黙っていられなくなり、となりを歩く仁科に話しかけた。

「彼は本当に、ちゃんとした人物なんだろうか」

仁科が無言で見おろしてくる。話を続けろとの合図と解釈し、蓮は足もとに視線を落として先を続ける。

「昨日、街で彼を見かけたんだが、うちに来たときと雰囲気がまるで違ったんだ。いや、最初も胡散臭《うさんくさ》そうだと思ったんだが、それが顕著になったというか。……本当に、涼太とつきあわせていいんだろうか」

「胡散臭そう？」

「ああ」

「そうですかね」

仁科が小首をかしげ、小声で、しかし聞こえるようにぼそりと呟く。

「……俺にはあなたの弟のほうがよっぽど胡散臭そうに見えますけど」

「なんだと」

あんなにかわいく純真無垢《むく》な涼太のどこが胡散臭いと言うのか。

恋愛経験は蓮が思っていたより多そうだが、それでもかわいいことに変わりはないし、胡散臭いだなんてとんでもない。

「ああ……おまえの目は節穴だったな。あのかわいさがわからないだなんて、人生損してるぞ」

「それって蓮さん……。俺の目が節穴だということにしても結構ですけど」

仁科の瞳がどこか呆《あき》れたように見おろしてくる。

「なんだよ」

「俺、あなたを選んだんですけど。つまりあなたはいま、自分自身を否定したわけですけど、いいんですか」

「……う、うるさい。それより涼太と三上くんのことだ」

蓮は墓穴を掘ったことに気づいて赤くなった。

こんなとき、いつもの仁科だったらさらにからかって蓮の反応を笑うのに、めずらしく苛《いら》ついたような顔をして蓮から顔をそむけた。

「……いい人だと、先日言いましたよね」

「ああ。わかってる。だけどさ、おまえも彼のことをそんなによく知っているわけじゃないんだろう？」

「まあ、そうですけど。それで、それを俺に言って、どうしろと」

「うん……変なこと言ってすまない。でも、もしかして騙《だま》されてやいないかと涼太が心配で」

廊下に人の姿はなくひっそりと静まっており、ふたりの足音と話し声だけが響く。

「そんなに春口《はるぐち》が心配ですか」

仁科の声がわずかに低くなった。

「そりゃ、大事な弟だから」

「……こんなときまで、あなたの頭の中はそれしかないんですね」

不愉快そうに呟かれたとき、資料室の前にさしかかっていた。ふいに仁科に手首をつかまれ、そちらの方向へ引っ張られる。

「え、ちょっ」

そして引きずられるように資料室へと連れ込まれてしまった。

「おい、なにを……」

ふたり以外に誰もいない薄暗い室内に、出入り口の内鍵がかかる音が響く。

「ここで話を聞きましょう。ここなら誰にも邪魔されずにふたりっきりですからね」

壁に背中を押しつけられ、頭の両脇に手をつかれ、逃げられないように包囲された。

ここは以前、キスされて達《い》かされた場所である。先日もここでセクハラされた。体勢もそのときとまったくおなじで、それらの記憶を思いだした蓮は警戒して身をこわばらせた。

「さあ。話してください」

仁科はからかうような口調なのに、その目は笑っていない。人形のように整いすぎた顔は表情がなくなるととたんに冷え冷えとし、それが怖かった。

「どうしました、妙な顔をして。ああ、俺にキスされるのを期待してます?」

「な、ちが……っ」

「ここにくると、俺を思いだすでしょう。俺にされたことを思いだして、身体《からだ》が熱くなるんじゃないですか。ほら、いまも」

下半身が密着する。脚のあいだに膝《ひざ》を入れられ、太腿で中心を刺激された。

「キスしてほしい？」

「や、めろ、よ……っ、ばか……っ」

仁科の顔が近づいてくる。焦って胸を押し返そうとするが、その手をつかまれて拘束された。

「急になんだよ。なんでいつも、こんなところでっ」

顎《あご》をつかまれ、唇がふれるぎりぎりまで近づく。

「だってあなたが、こうされたいって顔をするから。俺はそんなつもりじゃなくて、まじめに話を聞こうと思ってここへ来ただけなのに」

「ふざけるなよ。俺はまじめに涼太の相談をしたのに」

「ふざけてませんよ」

「うそばっかり……っ」

仁科の目がすっと細められ、暗い光を帯びる。

「本当に、ふざけてはいません。……本気で、どうにかしてやりたい」

「な……っ、……」

反論は重ねられた唇に封じられた。すぐに舌が唇を割って入ってきて、中を蹂躙《じゅうりん》する。舌を強引に引きずりだされ、絡みついてくる。

「ん……っ、ん」

いつもよりも乱暴なキスは息もつけぬほど荒々しく、ついていけなくてめまいがしそうだった。

ただ、乱暴ではあるが、手ひどくされているという感じではない。熱心に激情を注がれているようだった。いつも皮肉っぽいポーズをとる男がふいに内心の熱い感情を覗かせたようなキスで、驚いているうちに翻弄《ほんろう》され、身体が熱くなっていく。

そんなキスだから、仁科の舌と唇は蓮の敏感な場所をいつも以上に遠慮なく攻めたて、追いつめていく。中心に押しつけている太腿も間断なく揺り動かし、刺激する。

すぐに立っていられないほど感じてしまって、下肢が震えた。力が抜けてずり下がると、脚のあいだに割って入る仁科の太腿に中心を自ら擦《こす》りつける格好となり、鼻で笑われた気配がした。

「硬くなってる。もっと、ほしい？」

顎をつかんでいた手が下へおりてきて、ズボンのベルトをはずし、ジッパーをさげる。

「ば、か……、や……っ」

大きな手が下着の中へ忍び込み、じかにさわられた。

「……に、しな……っ」

こんな場所で、いけないと思う。しかしその手がさらなる快感を与えてくれることを知っている身体は、欲望に負けて抗《あらが》うことができなかった。

大きな手のひらと骨ばった指が上下に動きだし、熱くもどかしい快感を生む。そこはますます成長していき、先走りを滴らせるほどになった。

「わかってますか。ここは職場ですよ」

耳元で意地悪くささやく声にも甘い快感を覚え、蓮はきつく目を瞑《つむ》った。

終業時刻を過ぎていても、残業している研究員は多数いるだろう。資料室はいつも閑散としているが、利用者がまったくいないわけでもない。本当に、もしいま鍵を開けられたらと思うと恐怖を覚える。それなのに本気で抵抗することはできなかった。

そんなはずはないのに、仁科の言うとおり、自分はここでこうされることを望んでいたのだろうかと錯覚しそうになる。

「このあいだここでしたときは達かせてあげられなかったですから、今日は最後までしてあげます」

拘束されていた両手は完全に力が抜けていて、解放されると、相手を突き飛ばすどころか逆に縋《すが》りついた。

「仁科……、ぁ……もう……立って、られな……」

興奮して荒い吐息を漏らしながら訴えると、刺激する手の動きがいったんとまり、身体を抱き寄せられた。

「じゃあ、すわりましょうか」

胡坐《あぐら》をかいて床に腰をおろす仁科の上に、むかいあわせにすわらされた。脚を開いて抱きつく格好である。

その姿勢でキスをされ、前への刺激を再開される。

「あ……ん……」

ここまできたら、誰かに見られる前に早く達かせてもらうしかなさそうで、蓮は与えられる快感に集中した。

「指、舐《な》めてください」

キスを解かれた唇を、二本の指でつつかれた。快感に思考が朦朧《もうろう》としてきていた蓮は、考えることなくそれを口に含んだ。

「ん……ふ」

指を舐めている顔を仁科の端整な顔に間近から見つめられる。いつもは、からかいながらもその目には手加減を知った大人の余裕があったように思われるのだが、いま目の前にあるまなざしは険しく、怒りで枷《かせ》が外れているかのように感じられた。いつもと違うキスといい、不安を覚える。けれど次に与えられた刺激でうやむやになった。

唾液《だえき》で濡《ぬ》らされた指が口から引き抜かれ、背中側から下着の中に滑り込んできた。そして入り口をさわられる。

「あ……っ」

「後ろ、好きでしょう？　いじってあげます」

ぬぷりと中に入ってきた。その衝撃をこらえるように、蓮は仁科の首に腕を絡めて抱きついた。

「や、あ……」

「力抜いて」

ぐちゅぐちゅと抜き差しされる。前と後ろを同時に刺激され、またたくまに熱が高まり、絶頂感が高まる。ここがどこかも忘れ去るほどの快楽に溺《おぼ》れ、蓮は自ら仁科の唇を求めた。

「ん……」

唇を重ね、彼の口の中へ舌を伸ばすと、柔らかく吸われ、舌が絡む。今度のキスは乱暴な激しさはなく、いやらしいばかりのねっとりとしたキスだった。その舌使いだけで達けそうなキス。快感がこのうえなく高まり、下腹部に溜《た》まった熱が解放を待ちわびる。次の瞬間、前を強くしごかれて、突如として浮遊感に襲われた。

「あ……っ、――っ」

絶頂を告げるひまもなく欲望を解放し、快感で頭が真っ白になる。身体を小刻みに震わせながら男の手を欲望で濡らした。

荒い息をつき、解放感に身をゆだねようと身体の力を抜く。こんな場所でなんてことを、という羞恥《しゅうち》と背徳感がいまさらながら思いだされ、身体を離そうとして腰を浮かせたとき、仁科に腰をつかまれた。そしてズボンと下着をおろされる。

「え、ちょっ」

「なんです」

澄ました声に、蓮は目を剝《む》く。

「なにって……こっちのセリフだろっ……」

「最後までしてあげると言ったでしょう」

「はっ？」

まさか、ここで繫《つな》がろうとでも言うのか。からかうような口調はあいかわらずなのに、やはり暗がりの中の仁科の目は笑っていない。真剣で、苛立ったような印象さえ受ける。真意がわからず呆然と相手の顔を見ているうちに、仁科が自分のズボンの前を寛《くつろ》げていた。

「ば、ばか。なに考えて……っ」

慌てて膝の上からおり、逃げだそうとして背後に身体をひねったら、腰をつかまれた。図らずも四つん這《ば》いの格好になってしまい、さらに慌てる。

「や、やめろよ、こんなところでっ」

「どうしてです。自分だけいい思いをしたらおしまいですか？　俺も気持ちよくしてください」

腰を引きつけられ、入り口に猛《たけ》りが押し当てられた。待て、と言うまもなく貫かれる。

「あ――、……っ」

熱い塊が、体内に埋め込まれていく。かなり強引に繋がると、そのまま律動がはじまり、奥を突かれた。

「やめ……、あ……っ、や、ぁ……」

「嫌じゃないでしょう。俺にこうされるのが好きだと自分で言ってましたよね。ほら、身体も喜んでる」

「あ、あ」

激しい抜き差しに声が出てしまい、歯を食いしばった。もし廊下を通る誰かに聞かれでもしたら大問題だ。必死に声を押し殺し、繋がった部分から強制的に送られる快感に耐えた。

仁科はいったいなにを考えているのか。越えてはいけないぎりぎりのラインはわきまえている男だと思っていたのに、先日から、ラインオーバーしてばかりだ。ふつふつと怒りが込みあげ、蓮はこぶしを握り締めた。

「ばか……、……っ」

やがて抜き差しが加速し、仁科の興奮が極みに近づいたことを知る。蓮も怒りを覚えなが

らも、ふたたび高みに引きあげられる。

「……だしますよ」

色っぽくかすれた声に蓮ははっとして叫んだ。

「だ、だめ、中に、だすな……、だめっ」

しかし制止は一歩遅く、叫んでいるそばから熱い液体を中にだされた。

「あ、中に……」

「……っ」

背後から、荒い息が届く。

楔《くさび》を引き抜かれ、蓮は力なく床に突っ伏した。

衣服を整えた仁科の手が蓮のズボンにも伸びてきて直そうとしてくれたが、乱暴にふり払い、自力でどうにか引きあげた。

「……だすなって言ったのに……」

うつぶせたまま恨むように言う。

「なんで……」

「あんな直前で言われても」

悪かったとひと言詫《わ》びでもあればまだ腹の虫も収まるが、澄ました声で開き直るように言われ、蓮は頭にきて後ろをふり返り、睨《にら》みつけた。

「おまえ……なんでこんな嫌がらせばっかりするんだよ」

「嫌がらせ？　それは心外ですね。俺以上にあなたのほうが楽しんでいたでしょう」

「楽しんでなんかない」

「そう見えましたけど」

「それはおまえの勘違いだ。俺はこんなの望んでない」

涼太が在宅なのにエッチを続けられたあの日のことを思いだす。あのときも、こちらの気持ちをまるで無視された。

いや、無視してはいないのか。わかっていながら、わざと蓮が嫌がるまねをしているのだから。

身体を繋げるのは快楽を得るためだけじゃない。お互いの気持ちを確かめあう行為でもあると思っていたのに、これでは遊ばれているだけだ。

分析室でコーヒーを飲んでいるとき、恋人だとさらりと告げてくれた。しかし本当に、この男は自分のことを恋人と思っているのだろうか。おもちゃとしか思われていないんじゃないか。

気持ちが通じたと思ったが、はっきりと好きだと告げられたわけでもない。互いにゲイでもないのに抱きあいたいと思うのは好きだからだと思ったが、自分が想うように想われていないのかもしれない。

自分が仁科を想うのとおなじ強さで自分のことを想えとまでは言わない。せめて、恋人だと信じられる程度には大事にしてほしいのに。

疑う気持ちが先日よりも強くなり、悔しさとみじめさが恨みがましく醱酵《はっこう》するようだ。

「おまえ、俺のこと、どう思ってるんだよ。……本当に好きなのか」

涙が出そうになるのは悲しいからじゃない。感情が昂《たか》ぶっているからだ。

本気で怒っていることは、相手にも伝わっているはずだ。それなのに仁科は不機嫌そうに鼻を鳴らす。

「あたりまえでしょう。好きでもない男とセックスなんてしませんよ」

「だったら、もっと俺の気持ちを考えたらどうなんだよ。こんなところでしたり、涼太がいるのにやめなかったり」

「そういうあなたこそ、どうなんです」

顎をあげて見おろしてくるまなざしは一見傲慢《ごうまん》で冷ややかなのに、その影に苛立ちが覗いている。

「電話をかけても出ないし、仕事以外は無視するし。ようやく話してくれたと思ったら、涼太涼太。俺はあなたのなんですか」

「それは、おまえがそういう態度だからだろっ。謝りもしないからっ」

怒っているのはこちらのほうなのに文句を言われる筋合いはないと蓮は熱くなって言い返

す。

「ひと言謝れば、俺だって無視したりしない」

「謝る機会も与えずに、文句を言われても」

「なんだよ。悪いと思ってるなら、いま謝れよ」

「嫌ですね」

仁科がつんと顎をあげる。

「な……っ」

「あなたが聞く耳持てるくらい冷静になったら、考えますけど」

「お、お、おまえが謝らないから、こっちの怒りも収まらないんだろうがっ」

なんていい草だ。腹立たしさが最高潮で、頭がぐらぐらと沸騰しそうだった。怒りでこぶしが震える。

仁科が、まるで蓮の怒りを煽《あお》ろうとするように、小バカにしたような仕草で肩を竦《すく》める。

「あなたもいい加減、弟離れしたらいいのに。兄に恋人のことを口出しされるなんて、春口に同情しますよ」

「それこそ、俺たち兄弟のことだ。おまえになにがわかるっ」

仁科の目が苛立たしげに眇《すが》められた。

「ええ、そうですね。俺にはあなたたち兄弟のことはわかりませんよ。でも俺も弟なんで、春口の気持ちは想像できます。俺にはあなたみたいなうっとうしい兄貴がいなくてよかったとつくづく思いますね」

「……な……」

うっとうしいだなんて、涼太も思っているだろうか。

過保護にしている自覚があるだけに、その言葉はまるで弟自身に言われたように胸に突き刺さった。

蓮は真っ向から仁科を睨んだ。痛いところをつかれ、なにか言い返したいのに怒りと屈辱で言葉が出てこない。

悔しくてしかたがない。思えば自分はいつもこの男にやり込められてばかりだ。いちどぐらいやり返したいが、感情的になった頭では効果的な文句は思い浮かばない。

口ゲンカは理性を手放したほうが負けなのだ。

けっきょく、子供のような言葉が口をついて出る。

「お、お、おまえなんか、おまえなんか……だいっきらいだっ！」

半べそかきながら、感情のままに叫んだ。二十七にもなるいい歳した男のセリフじゃないが、言わずにいられない。

「おまえなんか、恋人じゃないっ。もう別れるっ」

叫んだ直後、ふいに仁科が間合いを縮め、蓮の肩をつかんだ。

「俺が、きらい？」

思わず怯《ひる》みそうになるほど冷ややかな声。

「……それ、本気じゃないですよね」

「……、本気だ。おまえが好きだと思ったのは、どうかしてたんだ」

「うそばかり。すぐに訂正してくれたら許してあげますよ。俺が好きですよね」

「うそじゃない。このところずっと考えてたんだ。俺、どうしておまえのことを好きだなんて思っちゃったんだろうって。意地悪ばっかりされてるのに」

「それで？」

「それで、だから……おまえなんか、好きじゃない……っ」

肩をつかむ仁科の手に力がこもる。

「じゃあ、本気で俺と別れると？」

「…………」

「いっときの感情に任せて心にもないことを言うと、あとで後悔しますよ」

低い声で脅すようなことを告げられた。

「後悔なんかするか。俺は本気だ。離せよっ」

怯んだのを悟られたくなくて、蓮は強情に仁科を突っぱねた。

「いっしょに働いてるあいだも、俺はずっと怒ってたのに。なのに、おまえは気づいてないふりしててっ」

　ここまで言ったらすべてぶちまけてしまえとばかりに口走る。

「俺はおまえのことが気になってしかたがないのに、でもおまえは平気な顔してて、そんなの理不尽じゃないか。そのうえこんな嫌がらせまでされて、ムカつくなってほうが無理だろっ」

　言葉だけでは足りない気がして、仁科の胸をえいっと叩いた。こうなると八つ当たりでしかなくなっているのだが、本人は気づいていない。

「もう、おまえなんか知らないんだからなっ」

　服は乱れたままだが、これ以上そばにいるとまたひどいことをされそうな予感がして、ベルトを締めながら出入り口へ走る。

　仁科の腕が追ってきたが、ふり払って廊下へ飛びだした。

六

悔し涙を滲ませながら自宅へ戻ると、家の中は真っ暗だった。普段ならば涼太も戻ってい
る時間なのだが、まだ帰っていないらしい。
食事の用意は涼太の分は作ってあるが、自分のものはない。蓮はキッチンに立って包丁を
握ると、腹立ちをぶつけるように大根を切った。
あんな男、と思いながらざくざく切り、鍋に放り込む。それだけでは収まらなくて、キャ
ベツの千切りをはじめた。
「ばか、仁科のばかっ。もう顔も見たくないっ」
立っていると、仁科に出されたものが後ろから零《こぼ》れてきて、それがまた腹立たしい。独り
よがりのエッチをした覚えはないだなんて言っていたが、あれのどこが独りよがりじゃない
と言うのか。
「それも言ってやればよかった……」
あとになってからやり返す言葉が次々浮かんでくる。

気がつけば、キャベツの千切りが山のようにできあがった。大根は煮えているし、昨日の煮物と朝作った味噌汁《みそしる》がある。あとは涼太が帰ってきたら魚の干物でも焼こうと思い、エプロンを脱ぎ捨てて風呂にむかった。

「なんで……」

身体を洗い、バスタブに浸《つ》かる。お気に入りの自社製品の入浴剤を入れて湯気を吸い込むと、ノルアドレナリンの分泌《ぶんぴつ》が多少収まってきたのか、興奮状態が落ち着き、しかし今度は気持ちが沈み込んできた。

自分は仁科に遊ばれているのかもしれない。

その思いが波のように押し寄せてきて、胸の中にある不安をかきたてる。

遊びじゃなかったら、職場で抱こうなんて思わないはずだ。大事な相手であれば、傷つけないように大切にするものだし、関係を壊す危険など冒さないはずだ。

知りあってから数ヶ月。長年想いをはぐくんできたわけではなく、わけがわからぬうちに恋に落ちて、つきあいはじめるようになったから、相手のことはわからないことが多い。それは仁科もおなじだろう。

自分たちは、はじまったばかりなのだ。ふつうならば気遣いあったり遠慮したりして、距離を測りながらも仲良くやれる時期じゃないのか。それなのにこんな齟齬《そご》が生じるのは、やっぱり気性が合わないのだろうか。

いけ好かないと思っていた男とつきあうのがそもそも間違いだったのだろうか。

はじまったばかりだと言っても、仁科への気持ちが軽いつもりはない。元々自分はノンケで、気軽な気持ちで男と抱きあおうだなんて決心がつくはずがないのだ。初めはたしかに衝動的だったかもしれない。けれど、弟のこともあって真剣に悩んだし、ほんのいっときの気の迷いではない。想いが通じ、今後も長く続いていくものだと思っていた。

だが仁科のほうは、それほど真剣ではなかったのかもしれない。

ちょっといいな、とか、楽しめそうだな、ぐらいのノリでつきあいはじめたのかもしれない。なんどか抱きあってみて、飽きたらポイと捨てる、その程度の相手としか見られていなかったのかも。

自分のことをそんなふうに考えている相手とつきあい続けていけるか、自信がない。自分の相手への想いが真剣であるからこそ、耐え難く思える。

ということは、別れるしかないのか。

天井から水滴が落ちてきて、ぽちゃんと音を立てて目の前の水面を揺らし、波紋を広げた。

「どうしたらいい……」

捨てられるのは嫌だ。だが軽んじられ、傷つけられるのも嫌だ。

火傷《やけど》の痕《あと》が疼《うず》くような疼痛《とうつう》を胸に覚え、蓮は両手で顔をこすった。

職場で抱いたりしたのは、つきあいを軽く考えている証拠だと思える。だが「別れる」と言ったとき、仁科は本気で怒ったようだった。軽い気持ちではあっても、いますぐ別れてもいいとは思っていないということか。それとも優位に立ちたいがためにあのような威圧的な態度をとっただけなのか。

仁科の気持ちがわからない。

言いあっていたときは頭に血がのぼって聞き流してしまったが、本当に好きなのかと尋ねたあと、あたりまえだと即答が返ってきたことを思いだした。

あたりまえ、という言葉以上のことは聞かせてくれなかったけれど、いちおう、好かれてはいるのだ。

「だったら、どうして……」

自分こそどうなんだと問い返されて、はぐらかされた。

恋人になっても深いところまでは踏み込ませてくれない。なにを考えているのかわからない男だ。

しかし先ほどの仁科は感情を顕《あら》わにしていて、いつもよりはわかりやすかったような気がしなくもない。仁科が不機嫌になったきっかけは三上のことだった。改めてその言葉のひとつひとつを丁寧に検証してみれば、なにか見えてくるものがあるだろうか。そう思って思い返そうとしたら、いい加減弟離れしろとか、弟もうっとうしく思っているだろうなどとも言われたことを思いだし、よけい気が滅入ってしまった。

仁科も姉がいて、弟という立場にある。その彼に指摘されたのは、かなり堪えた。

涼太も自分のことをうっとうしく思っているだろうか。

自分でもブラコンだと自覚があるぐらいだから、涼太にそう思われていてもふしぎじゃないような気もする。

本人に確認したいような気もするが、肯定されたら立ち直れそうにない。涼太が帰ってきたら、どんな顔をしたらいいものやら。

「はあ……」

考えているうちにのぼせそうになってきて、蓮は風呂から出た。

仁科とのつきあいについて今後どうしていくか、答えはまだ出ない。

自ら別れると宣言し、本気だと言ったけれど――本当に、別れてしまっていいのか。

それで、後悔しないのか。

涼太がいるのにしたり、職場で無理やりされたことは許せることではない。

きちんと謝罪し、二度とあんなことはしないと誓ってくれるなら、今後の交際についても考えてやってもいい。けれどあの男が謝るとも思えない。

「別れることになるのかな……」

別れることになっても、元に戻るだけだ。おなじ職場といっても、顔をあわせることは滅多にない。以前とおなじ生活に戻り、あの男に心を乱されることもなくなる。

「……ふん。別れたって、べつに……」

別れたって、いままでの生活に戻るだけだ。あの男のことを考えて苛々したり、やきもきしたりして気持ちが疲れることもなくなると思えばすっきりするじゃないか。

「そうだよな。あんなやつ」

そんなふうに強がってみたものの、すぐにせつなさが押し寄せてきて心が萎《しぼ》んだ。

やっぱり別れるのは……辛い。別れたくないと思う。でも……。

「はあ……」

やりきれなくてこぼれたため息が煙のように糸を引いて消えた。

はじまったばかりなのに、別れを選択したくはなかった。だが続けられないのであれば決断するよりない。

仁科とのことを考えながらパジャマを着て居間へ戻る。長いこと風呂に入っていたのだが、涼太はまだ戻っていなかった。

時計を見ると九時を過ぎている。店の営業時間は八時までだし、今日は遅番ではなかったはずだ。壁のコルクボードに涼太のシフト表が貼り付けられていて、それを確認してから家の電話と携帯に伝言が入っていないか確認してみた。

シフトが交換になったり、遅くなりそうなときは必ず連絡が入る。しかし涼太からのメッセージはなかった。

こんなことはいままでになく、なにかあったのだろうかと思ったが、もうしばらく待ってみることにした。涼太ももう大人の男なのだ。彼氏だっている。職場でのつきあいもあるだろうし、ちょっと帰りが遅くなることもあるだろう。家への連絡をうっかり忘れることがあってもふしぎではない。

うっとうしい兄貴だと仁科に言われたことが響いていて、すぐに涼太に連絡するのは思いとどまった。

「めんどくさい兄貴だと思われてたりして……思われてるかな……いや、でも涼太は仁科と違っていい子だしな……」

ソファにすわり、クッションを抱えてぼんやりとする。またとりとめもなく仁科とのことを考えた。

自分から別れると言いだしたのだ。嫌がらせも許せない。だけど……などと考えているうちに気がつけば一時間が経過していた。涼太は帰ってこない。

「……それにしても遅いな」

十時をまわっても連絡がないとはおかしい。やっぱり確認しておこうと、蓮は涼太にメールを送った。

遅くなるなら連絡しろ、と。

こんなふうにいちいちメールしたりするから、涼太も家に帰りたくなくなるとか……?

仁科には遊ばれてるかもしれなくて、弟にはうっとうしがられてるかもしれなくて、どうしたらいいんだ……。

落ち込みながら、ひとりぶんだけ干物をグリルに入れる。空腹は通り越していて食欲が湧《わ》かなかったが、口にしておいたほうがいいかと思った。

魚が焼きあがっても涼太からの返事はなく、ためらいながら電話をかけてみたが、応答はなかった。

「………」

うっとうしいと無視されているならそれでもいい。だが、今朝までの涼太はそんな感じではなく、いつもどおりだったのだ。もし、出られない事情があるのだとしたら……。

嫌な予感で胸がはちきれそうになる。アレルギーを起こして、どこかで倒れてやいないか。妙な男に絡まれて、大変なことになってやいないか。ちいさい頃に変質者に連れ去られかけたことのある涼太は大人になったいまでもかわいく、なにがあってもおかしくない。

不吉な思いに囚《とら》われて涼太の店に電話をかけてみたが、閉店すぎの店には繋がらなかった。

店で残業しているわけではないようだ。では、どこにいるのか。

職場での飲み会もよくあり、急に参加することになった可能性もあるかと思い、涼太の友人で同僚でもある青年に電話をかけてみた。しかし、

『え？　いや、知らないっすけど』

と素っ気ない返事が返ってきただけだった。

「そうか……。いや、あいつ、アレルギーがあったりするから、どこかで倒れてやいないかと、いちおうね……」

もし連絡があったらよろしくと言って通話を切った。夜の十時である。二十四歳になる青年の帰宅時間としては、騒ぎたてるには大げさな時間かもしれない。兄バカと思われるだろう。しかし弟は連絡もせず夜遊びするような性格ではないのだ。

「どうしよう……」

店まで迎えに行ってみようか。もしかしたら道中で倒れているかもしれない。事故にあったかもしれない。

でも考えすぎかもしれない。いまにも帰ってくるかもしれない。もうすこし待ってみようか。

鳴らない携帯を見つめながら悶々としているうちにさらに時間が経過し、十一時を過ぎた。

恋人といっしょにいるという可能性も思いついていて、三上の顔が思い浮かんでいたが、彼の連絡先は聞いていなかった。

彼を紹介した仁科なら知っているだろうと思う。しかし、三上のことが発端となってケンカしたばかりなのに、弟の話をするのはためらわれた。

といって、ほかに手立てはない。相談する相手もほしかったし、なにかあってからでは遅いのだ。迷った末に、蓮は仁科の番号を押した。

五回ほどコール音が鳴ってから、仁科の声が聞こえた。

『はい』

「春口だが」

『どうしました。もう俺の声を聞きたくなりました？』

気まずい気分で名を告げると、笑いを含んだ声にからかわれた。

しかしそれに引っかかっている場合ではない。単刀直入に用件を告げた。

「三上くんの電話番号を教えてほしいんだ」

すると受話器のむこうから、呆れたような吐息が漏れ聞こえた。

『あなたね……。春口に黙って横槍《よこやり》入れるつもりですか。そっと見守ってやることは——』

「そうじゃないんだ。涼太が帰ってこないんだ」

仁科が言い終えるのを待たずにせっぱ詰まって事情を告げる。

「店は閉店してるから電話は繋がらないし、俺が知っている涼太の友だちに訊《き》いても、知らないって」

『十一時か……。彼も大人ですから……。金曜の夜ですし、遊びに行っていてうっかり連絡を忘れているだけということは……』

ためらいを含んだ、思慮深い声が返ってきた。仁科の言うことは蓮も考えたことで、もっともなのだが、蓮は見えない相手に首をふった。

「そうかもしれない。俺が過保護すぎるのもわかってる。だけどこんな時間になっても涼太が連絡をいれないことは、いままでないんだ。だから、いちおう確認しておきたいんだ。無事ならいいんだ。三上くんと過ごしているなら、それでいいんだ」

いっきに訴えかけると、仁科の静かな声が返ってきた。

『……ちょっと待っていてください。折り返し連絡します』

「わかった」

通話を切り、祈るような気持ちで連絡を待つ。一分も経たずに仁科から返事が来た。

『三上さんの電話も繋がらないです。電源が切れてるか、電波が届かないところにいるか』

「それって……」

嫌な予感に不安がいっそう強まる。

『ふたりいっしょにいて、いちゃいちゃしてる最中って可能性もありますけどね』

「……そうだったらいいが……でも」

三上と会う予定が事前にあったならば、涼太が蓮に連絡を入れないはずがない。いちゃついているだけというのは考えにくかった。

それにしても三上にも連絡がつかないというのはいったいどういうことだろう。

先日の、あの胡散臭そうな三上の様子が思いだされる。

なにか、事件に巻き込まれてやしないか。

「なにもないならいい。でも、違ったらどうしよう。どうしよう仁科」

『蓮さん？』

「おまえは家族が誘拐されかかった経験があるか？　家族がアレルギーで倒れた経験があるか？　この気持ち、わかるか？」

涼太の不在に混乱していた。不安で悪いことばかりが脳裏をよぎり、足元が崩れそうになる。受話器のむこうで仁科がなにか喋《しゃべ》っているようだったが、頭に入ってこなかった。

とある記憶がフラッシュバックする。

蓮が八歳のときだ。ひとりで本屋へ出かけ、ほしい本を探していると、大人の男が背後に立った。自分が邪魔をしているかと思い、横にずれると、その男もおなじように横へずれた。偶然かと思って反対側にずれても、男はついてくる。そして抱きつかれた。「いい匂いがするね」と髪の匂いを嗅《か》がれ、言いようのないおぞましさで身がすくんだ。とっさに声など出なかった。すぐに逃げだして、それ以上のことはされなかったが、気持ち悪くて泣きたくなった。

怖かった。

自分は男なのに。抱きつかれただけだが、男の声に性的なものが潜んでいることは子供心にも感じとれて、身体を汚されてしまったような気持ちになった。

弟が誘拐されかかったのはその数日後だ。家の前で遊んでいたはずの涼太の姿がなく、探しに出ると、身知らぬ男に車に無理やり乗せられそうになっているのを発見した。

涼太は自分以上に怖い思いをしたに違いない。

ちょうどその頃、子供の誘拐殺人事件が多発していて、世間をにぎわせていた時期だった。もし自分もあの場でぐずぐずしていたら、もっとひどいことをされていたかもしれない。

その後も蓮は、中学でも高校でも、身知らぬ怪しげな男に道で声をかけられた経験がある。気味が悪いとは思ったが、それはさほど記憶に刻まれていない。なにかというときに思いだすのは、いつも八歳の本屋のできごとだ。それだけあの恐怖が心に刻まれている。

自分も涼太も、すでにいい大人だ。誘拐なんてされるわけがないと理性では思う。それでも、もしや、という思いが生じてしまう。三上の胡散臭さがそれに拍車をかける。子供でなくとも、裏の世界が関わっているとしたら誘拐だってありえる。

身体を抱き締めて考えに没頭していると、すこし大きめな声が耳に届いた。

『――蓮さん、聞いてますか。蓮さん?』

「……あ。なに……」

『しっかりしてください。だいじょうぶですか』

「……俺はだいじょうぶなんだよ。だいじょうぶじゃないのは涼太なんだ」

ため息が聞こえた。

『いまからそちらに伺います』

「え……」

返事をためらっているあいだに通話が切れた。

蓮は落ち着かなくて、パジャマからシャツとジーンズに着替えた。事故かアレルギーかで病院に運ばれている可能性もあり、呼びだされたときにすぐに駆けつけられるようにしておこうと、上着と鞄《かばん》の準備もしておく。そうこうしているうちに玄関のチャイムが鳴り、仁科がやってきた。

ケンカしたばかりの男で顔も見たくないと思ったはずなのに、その顔を見たらほっとした。

「春口は、まだ帰ってないですか」

「ああ」

「三上さん以外に、思い当たるところは当たりましたか」

「職場と友だちに連絡したが、職場は不在で、友だちは知らないって」

彼を居間に通しながら、こらえきれない不安を漏らす。

「アレルギーか……なにかトラブルに巻き込まれてるか……」

居間に入っても蓮はすわる気になれず、また、仁科に椅子を勧める余裕もなく、ぐるぐる歩きまわった。じっとしていると底なし沼に足をとられて動けなくなるような恐怖があった。

仁科は上着を脱ぐと、腰に手を当てて首をかしげた。

「アレルギーはこのあいだ引き起こしたばかりでしょう。心配でしょうけど、あいつもばかじゃない。用心してると思いますけどね」

「じゃあ、やっぱりなにかのトラブルに……」

通り魔。ストーカー。誘拐。悪いことが次々と思い浮かんで気分が悪くなってくる。

涼太が誘拐されかけたときの記憶が頭の片隅にこびりついていて、不安と恐怖で気が気でない。

「警察に連絡したほうがいいんだろうか……」

思いつめて呟くと、仁科が難しい顔をした。

「いや、その選択はまだ早いんじゃ」

仁科が近づいてきて、蓮の歩みをとめる。

「ともかく、すこし落ち着きましょう。すわって。お茶でも淹《い》れましょう」

「ああ……俺が淹れる」

動いていたほうが気が紛れると思い、蓮は仁科をすわらせてキッチンへむかった。茶を淹れて居間へ戻ると、仁科のとなりに腰かけた。仁科に湯飲みを渡し、自分のぶんをひと口飲む。それからふたたび携帯を手にし、涼太に電話をかけてみた。しかし繋がらない。

「そんなに心配しなくても、ひょっこり戻ってきそうな気がしますけど……」

「だったらいいが……でも、こんなことはじめてなんだ」

「あなたにも紹介するような恋人ができたばかりですから、すこしはめをはずしてるのかも」

「……俺もそう思ったけど……」

不安でたまらず、気休めに頷くこともできずに俯く。

「あいつ、ちいさい頃、連れ去られかけたことがあってさ。無事だったしすぐにみつかったけど。だから、またかもって。なにかあるたびに不安になるというか」

「でも、あいつはもう大人ですよ」

「そうなんだけど」

いちど刻まれた不安は、そうそう拭《ぬぐ》い去れるものではない。身内がそういう危険にあったことのない者には理解できないことかもしれない。

仁科がちょっと息をついて、自分の携帯をいじった。三上にもういちど電話したようだが、こちらも繋がらなかったようだった。

「携帯も、事務所のほうもだめですね」

「三上くんって、普段も電話、繋がらないことが多いのか?」

「彼との連絡は主にメールで、俺もそんなに電話をしたことはないですから、それはちょっと……なんとも言えないです」

「……会社でも言ったけど、本当に彼のことは、信用していいんだよな。やくざと関係があったりとか、人身売買組織と関係があったりとか、それで涼太を……」

「あのですね、蓮さん。なに考えてるんです。彼は一般人ですよ」

仁科が呆れたようにため息をついた。

「え？」

「そりゃ、たしかにちょっと変わった仕事をしてますけど」

蓮はきょとんとして顔をあげた。

「変わった仕事？」

「ええ」

「生地問屋さんだよな」

「彼は探偵ですよ」

「はっ？」

目の前の王子様顔を五秒は見つめただろうか。それから金魚のように口をパクパクさせた。

「た、探偵？」

「聞いてなかったんですか？」

「いや、生地問屋だって聞いたが……親の会社の」

「ああ。たまに実家の手伝いはしてるらしいですけどね。でも彼の本職は探偵です」

三上のカフェでのあやしげな姿が脳裏をぐるぐるとまわる。

あやしげだったのは、探偵業の最中だったからだろうか。夜になって急な仕事が入るというのも納得だ。

麻薬の密売人よりはまっとうな仕事ではある。だが真実を知って、蓮はよけい動転した。

「じゃ、じゃあ……やっぱり涼太、事件に巻き込まれてるんじゃ……三上くんの仕事で、殺人事件とか、誘拐とかっ。三上くんも電話に出れないってことは、ふたりして危機に陥ってるんじゃ……っ」

いますぐ駆けだしそうないきおいで立ちあがると、仁科が慌てて引きとめた。

「蓮さん、それはドラマの世界ですっ。実際の探偵はそんな大事件には関わりませんからっ」

「でもっ」

「あなたがここで焦ってもどうにもならないですから、落ち着いて」

なだめられて、いちどはソファに腰をおろしたものの、落ち着いていられる心境ではなくなってしまった。

「だめだ……やっぱり俺、店まで探しに行ってくる」

このままここで悶々としていたら、心配しすぎて頭がおかしくなりそうだった。

「だから蓮さん。探偵なんて言っても、浮気調査とか、迷い猫探しとかばかりで、地味なものみたいですよ」

「だけど。浮気調査中にその対象者とトラブったりとか、どう発展するかわからないじゃないか」

「まあそうですけど、でも」

「考えすぎだって言いたいのはわかる。でもさ、店までの通勤経路に倒れていないことがわかれば、まだ安心できるかも」

泣きそうな気分で、ぎゅっとこぶしを握った。

「おまえはここで待っていてくれたらいい。俺は、行動しないで後悔するのは嫌だ」

決意して立ちあがると、仁科がため息混じりに天井を見あげた。

「わかりましたよ」

仁科も呟いて顔を戻し、ゆっくりと立ちあがる。

「降参です。あなたにはかなわない」

諦めたような顔をして、蓮を見おろす。

「じっと待っててもろくなこと考えないみたいですし。俺もつきあいますよ」

心細いいま、仁科のその申し出はありがたかった。

「……悪い。つきあわせて」

「いまさらです」

支度をしようと動きかけたとき、蓮の携帯が鳴った。

先ほど電話をかけた、涼太の友だちのマサからだった。電話に出ると、神妙な声であいさつしてくる。彼も心配したようで、心当たりをあたってくれたようだ。

『俺も何人かに連絡してみたんですけど、みんな知らないそうです』

「そうか……ありがとう」

『思ったんですけど、あの……涼太がよく行ってた店とか、どうですかね』

「店？」

『ええ、その……バーとか』

「それは、どこの？」

間があき、ためらいがちに「二丁目の」と返ってきた。

「……二丁目」

『その、お兄さん、たしかあいつの趣味はご存知でしたよね』

「……趣味って……」

『えーっと……女の子より男が好きというか……』

微妙な話題のため、互いに探りあうような会話になった。

「ああ。それは知ってる」

答えると、相手は流暢《りゅうちょう》に続きを話した。

『彼氏ができたから、もう行ってないかと思ったんですけど、でももしかしたら彼氏といっしょに遊びに行く可能性もあるよなあなんて思って』

「そう……だね。ありがとう。その店の名前とか連絡先とかわかるかな」

店の情報を聞いて通話を切ると、となりの仁科を見あげた。

「涼太の友だちからだった。手芸店まで行っても見つからなかったら、二丁目までつきあってくれないか」

「いるかもしれないと?」

「もしかしたらな。わからないけど」

「了解。行きますか」

もしも留守にしているあいだに涼太が帰ってきた場合のために、居間のテーブルの上に「帰ったら電話しろ」と記したメモを置いておく。

それから上着を着て出発した。

零時をすぎた人けのない住宅地の道を、街灯が寂しく照らす。道の両脇に並ぶ街路樹はけやきだったか。木枯らしに散らされて地面に落ちた枯葉を踏みしめながら、道の端に倒れている人はいないかと注意深く見まわしながら歩いた。電車に乗り、涼太の手芸店の最寄り駅で下車し、そこからはやや人通りの多い街の中をさらに注意深く歩いていった。

けっきょく涼太の姿を見つけることなく手芸店に到着した。

「いないな……」

シャッターのおりた店の前で、しばし立ち尽くしてしまう。

倒れていないのが確認できてよかったが、ではいったいどこにいってしまったのかと不安が強まった。

「次、行きますか」

「ああ」

立ちどまっているひまはない。仁科に促され、次の目的地へむかうことにする。

「三上くんといっしょにいるんだろうか」

「どうでしょうね」

仁科に訊いてもわかるはずがないのだが、不安で口にせずにはいられない。

電車に乗って次にむかったのは新宿二丁目である。以前もいちど足を運んだ街だ。時間帯のせいか、そのときよりも人通りがすくないが、それでも深夜だというのにあやしい活気のある街である。

涼太の友人のマサから聞いた店はわかりにくい場所にあったが、教わったとおりに目印を辿《たど》っていくと看板を見つけられた。雑居ビルの四階にあるそこは、入ってみると、ボックスシートがふたつとカウンター席だけのこぢんまりした店で、ひと目で店内を見渡せた。客は男同士のカップルが二組いるだけ。客の中に涼太の姿はない。

「いらっしゃあい」

ふたりが入店すると、カウンターに立っていたオカマっぽい人物に明るい声をかけられた。

店内に涼太がいないことはすでにわかっていたが、黙って引き返すのも失礼なのでカウンターへむかう。

「すみません。ちょっと人を探していまして……。弟なんですが、ここの常連だったらしいと聞いたものですから」

「まあ。どんな方？」

「春口涼太といいますが、ご存知でしょうか」

「あらやだ。涼太ちゃん？　あの子ならもちろん、ええ、知ってますとも」

ママと呼ぶべきかマスターと呼ぶべきか判断に迷う相手は、驚いたように目を見開き、大きな手を口元に当てた。

弟がじつはけっこう遊んでいるという話は聞いていたけれど、本当だったらしい。店の人に名を覚えられるほどの常連だとは知りたくなかったし、弟の知らなかった顔を知り、地味にショックを受けてしまう。いったいいつのまに遊んでいたのだろうと思ったりもするが、いまはそんなことを考えている場合ではなかった。

「てことはあなたが涼太ちゃん自慢のお兄さん？　いやだわほんとに美人さんじゃない──って、ごめんなさいね。それより涼太ちゃんのことよね」

「今日はここへは来ていませんでしたか」

「うちには来てないわねえ」

「そうですか……ここ以外に弟が行きそうな場所なんて、わからないですよね」

「そうねえ。ごめんなさいね」

もし来たら連絡するように伝えてほしいと言い、店を出た。エレベーターで地上へ降り、路上に出ると、通りに並ぶビルのネオンがひどく遠く感じられた。さまざまな色の光で目がかすみ、行き先を見失いそうな錯覚にとらわれる。

「どうしよう……」

この道沿いだけでもバーのネオンは数えきれないほどある。店をしらみつぶしにまわっていくという案も脳裏をよぎったが、無駄足のような気がした。

道端で、とほうに暮れて行きかう人を眺める。その中に涼太の姿はないかと探すが、それらしき姿はなかった。

やがて、となりに佇《たたず》んでいた仁科の手が、静かに肩に置かれた。

「帰りましょう。もしかしたら家に帰ってるかもしれない」

携帯にはあいかわらず連絡がなく、帰っているとも思えなかったが、ここにいるよりはましだろうか。

外を探すのは諦めて、家へ戻った。

家に着いたら、「じつは酔っ払っちゃって」などと言って陽気な顔をして涼太が出迎えてくれるかもしれないとわずかな期待を抱いて玄関ドアを開けるが、室内は暗いままで、涼太はやはり戻っていなかった。どっと疲れが増し、上着を脱いで居間に入ると、ソファに身を沈めて重いため息をついた。

「……あ。なにか淹れようか」

あとから居間に入ってきた仁科に顔をむけると、彼は短く首をふってとなりにすわった。

「俺はいいですけど」

「そういえば、夕食は食べたのか」

仁科も帰宅が遅かったはずなのに、急遽《きゅうきょ》駆けつけてくれたことに対して、いまになって気がまわってきた。

「帰りがけに食べました。あなたは」

「食欲ないから」

結局、焼いた魚は食べていない。憔悴《しょうすい》して首をふる蓮を見て、仁科が立ちあがる。

「すこし口に入れたほうが気持ちが落ち着くんじゃないですか」

キッチンへむかい、なにか見繕おうとしてくれるらしい。蓮は重い腰をあげてそのあとに続いた。

深夜だし食欲もないので、味噌汁だけ飲むことにし、鍋を火にかける。

「おまえも飲む?」

「そうですね。せっかくですから」

温めた味噌汁をふたりで静かに飲む。温かい液体が胃に流れ込むと、身体が冷えきっていたことに気づいた。秋も終わりの季節であり、その深夜に空腹で外を歩きまわったのだから当然か。部屋の暖房も入れていなかったと思い至り、空調の電源を入れた。

胃にものが入り身体が温まっても、あまり落ち着いた気分にはなれなかった。

食器を片付けてソファにすわると、仁科も移動してきてとなりにすわる。

「眠くなったら寝てくれ。俺のベッド使ってくれてかまわないし」

こうしてふたりで待っていても涼太が帰ってくるわけでもないのだが、帰ってもいいぞとは言えなかった。こんな時間までつきあわせて悪いと思うが、ひとりで待つのは不安で、そばにいてほしかった。

「俺は徹夜は慣れてるんでだいじょうぶですけど、蓮さんこそ、眠れそうなら寝たほうがいいですよ。起きていると不安が増すだけでしょう」

「涼太の無事を確認するまでは眠れない」

「この時間に戻ってこないとしたら、朝までこないんじゃないですかね」

「そうかもな……でも、いい。というか無理」

不安と疲労で身体はまいっていたが、神経が昂ぶっていて眠れそうにない。

「じゃあ、ちょっと目を瞑るだけでも」

仁科に肩を抱き寄せられ、蓮は抵抗せずその胸にもたれた。素直に目を瞑ってみたが、やはり落ち着かなくて目を開けた。すると耳元で静かな声にささやかれた。

「だいじょうぶですよ」

　子供をあやすように、肩を抱く手の指先がふれては離れる。ゆったりとしたリズムを刻む振動が身体に沁《し》みこんでいく。

「きっと、ふたりでいちゃついてるだけです」

「だったらいいが……」

「いままでに帰りが遅かったりしたこと、いちどもないわけじゃないんでしょう?」

「いや、だからいちどもないんだって」

　そう言ってるだろうと蓮が眉《まゆ》を寄せて首をふると、宥《なだ》めるように仁科の手がリズムを刻む。

「それは連絡なしに、でしょう? 『遅くなる』と連絡があって、遅かったことは?」

「それはよくあるけど……」

「だったら、たまにはあいつだって、うっかり連絡を忘れるなんてこともあるかもしれない――ま、わかりませんけど」

　そうかも、と思いかけたのに最後にまぜっかえされた。

「おまえ、安心させたいのか不安にさせたいのか、どっちなんだよ」

　睨むように見あげると、あやすようにリズムを刻んでいた仁科の手がとまった。

「ちゃんとした根拠もないのに予想だけで気休めを言うのはどうかと思ったもので。複数の可能性がある場合はいちおう言及しておかないと」

研究者の顔をして理屈を言う。蓮は男の胸を軽く叩いた。

「こんなときにそういうのは必要ない」

仁科がそうですねと軽く笑って頷き、調子を改めて続ける。

「すくなくとも、命に関わるような大事故に巻き込まれたとかいうことはないと思うんです」

「どうして」

「普通に家に帰る途中で事故にあって、病院に担ぎ込まれたとしたら、いま頃病院から家に連絡が入っているでしょう」

「そう、だな……」

冷静な声で言われると、不安がすこし収まるような気がした。

蓮に困ったことが起こると、仁科はいつも頼もしさを見せてくれる。

この男がここにいてくれてよかったと心底思えた。ひとりでいたらきっと思いつめていただろう。ひとりでこの不安を抱えて過ごすのは辛すぎたが、落ち着いた態度の仁科といると、自分も理性を保つことができる。

「ご実家のほうは、連絡は？」

「まだしてない」

「そちらにいる可能性はないですか」

「たぶん、それはない。あっちに行ってたら、誰かしらが俺に連絡を寄越すと思うから。もうこんな時間だし、親に連絡するのは朝でいい」

親には心配をかけるから簡単には言えない。そう思ってこれまで兄弟でやりくりしてきたのだ。よほどのことでもない限り助けを呼ばない蓮から深夜に電話が来たら、父親たちを必要以上に驚かせてしまう。

「そうですね。朝まで待ってみましょう。その後のことは、それから考えても遅くないですよ。きっと」

「ああ……」

しばらくは会話もなくときが過ぎた。

ふれているところから男の心臓の鼓動が伝わる。力強いそれを聞きながら、蓮はちいさく呼びかけた。

「なあ」

「はい」

「俺がこんなに動揺してるの、ばかにしてるだろ」

「ばかにはしてませんよ」

「ほんとかよ。また涼太涼太言ってるとか思ってるんじゃないのか」

会社で、弟離れしろと仁科に言われたことを思いだして、つっかかるように言った。

「それは思ってますけど、ばかにはしてませんよ。それから、ちょっとふしぎに思ってもいますけど」

「なにが」

「いくらアレルギーや過去のことがあるとはいえ心配しすぎというか、どうしてそんなに弟に関心を抱けるのかな、と」

「それは……」

弟への心配は蓮としては当然のことで、どこがふしぎだという気持ちではあるが、一般的に見たらブラコンなのは自覚している。ふつうの兄弟ならば、ひと晩ぐらい弟が帰ってこなくともなんとも思わないものかもしれない。

どうして自分は弟のことになるとこうもとり乱すのか。比較的冷静に己の心の底を見つめながら考えを打ち明けた。

「それはさ……なんていうか」

己の手に目を落とし、吐息をつく。

「たぶん俺、涼太に依存してるんだよな」

「あなたが？」

「そう。あいつが俺に甘えてるようだけど、本当はそうじゃないんだ」

仁科の視線がひたいに注がれる。静かに促されているのを感じて言葉を続ける。

「母親はいないし、親父も仕事ばっかりで子供の面倒なんて見れない人だったから、兄弟ふたりっきりで過ごすことが多くてさ。俺が弟を守らなきゃって、そう思うことでどうにかがんばってこれた面があって」

自分の手のひらに、涼太の面影を思い浮かべた。

自分がアレルギーを引き起こさせてしまったトラウマがある。自分が目を離したせいで誘拐されかけたことも、いまだに引きずっている。

「兄として弟を守るって形をとってるけど、本当は俺のほうが弱いんだよ。口にはしないけど、涼太もそれをわかってると思うんだ。だから俺の前では、いつまでもかわいい弟でいてくれて」

話しながら、なぜ自分はこんな話を仁科に語っているのかとふしぎに思った。

喋っていたほうが気が紛れるというのもあるが、弟離れしろと言われたことが思いだされ、なんとなく、言いわけしたくなったのかもしれない。

「大人になったいまは、そんなふうに肩肘張る必要はなくなったんだけど、長いことそうやって生きてきたから、なかなかな」

嫌なやつだと言いながらも、その男に胸の内の弱い部分まで語っている。なんだかんだ言いながら、自分はこの男に心を許しているらしい。

男の手が、肩を二度ほど軽く叩いた。その顔のほうへ目をむけると、温かな微笑を浮かべていた。

「ちゃんとわかってるんですね」

「わかってないと思ってたのか」

「すこしだけ」

蓮の心理などわかっていたと言わんばかりの態度が、子供扱いされているようでやっぱり生意気だと思えた。

「でも実際涼太はかわいいけどな」

その点は依存とは関係なく譲れないと主張すると、仁科が呆れた顔をした。

「ソウデスネ。かわいいかわいい」

「めんどくさそうに言うな」

涼太の行方が心配なのは変わらないが、無駄口を叩いていられるお陰で気が紛れた。

仕事熱心なところも、年下のくせにこうして頼りになるところも、自分はしっかりこの男に惹かれているのだと頭の片隅で改めて思った。

だから、遊びじゃ嫌なのだ。自分はこの男と本気でつきあっていきたい。

「でもね、蓮さん」

仁科はすこしだけ笑ったあと、優しい声を耳に吹き込んだ。

「依存するなら、これからは弟じゃなく、俺にしてください」

「おまえに依存なんか、するわけないだろ」

反射的に、蓮は強気で反発した。

「どうして」

「甘い顔を見せたら、なにをされるかわかったもんじゃない」

「それはそれは優しく甘えさせてあげますよ」

「うそつけ」

依存ではなく対等な立場でないと、この男とはやっていけないだろう。

そんな思いは口にはせず、たわむれのような会話をしながら、蓮は男の胸に頭を預けた。

七

静かに夜は更け、やがて徐々に空が白みはじめる。

けっきょく朝になっても涼太は戻ってこなかった。

仁科は早朝にいったん自宅へ戻り、着替えてから戻ってきた。

「俺がいないあいだ、妙な気を起こさなかったようでよかった。いまのあなたはしっかり見張っていないと、なにをしだすかわからない」

飄々《ひょうひょう》と言われる。その生意気さも、夜のうちは気を紛らわせるのに役立ったが、いまでは強まった不安を軽減することはできなかった。涼太の携帯も三上の携帯も、あいかわらず音信不通だ。

「今日はどうしますか。ここでずっと待っていてもいいんですけど、よかったら、研究所へ行って昨日の続きをしませんか。そのほうが気が紛れるんじゃないかと思うんですけど」

今日は土曜なので会社は休みだったが、研究員たちは土日も自主的に出勤する者が多い。

「どちらでもつきあいますけど」

どうします、と尋ねられ、蓮は頷いた。

「会社に行く」

このまま家で涼太を待っていても、おかしくなりそうだ。それよりは出かけたほうがいい。

「会社に行く前に、いちおう警察に届けることにする」

ひと晩連絡がないとなると、仁科もとめなかった。

いちおう実家にも連絡を入れると、父の再婚相手の美奈子《みなこ》がすぐに電話に出た。

「もしもし。蓮ですけど」

『おはよう。どうしたの』

蓮の硬い声に、美奈子が不審そうに尋ねてきた。

「そちらに涼太がいたりはしませんよね」

『涼太くん？　ええ……来てないけど。なにかあったの』

「ひと晩帰ってこなかったんで、どうしたかな、と」

あまり深刻な雰囲気をださないように、蓮は軽い調子で報告した。

『まあ、本当。どうしたのかしら』

「どこかで遊んでるだけかもしれませんけど、もしそちらに連絡があったら、よろしくお願いします」

簡潔に電話を終えて、ひと息つく。彼女に話しておけば父にも話がいくだろう。

椅子にすわる仁科へ、疲れた顔をむけた。

「朝食、パンでいいか」

「なんでも」

朝食を食べる気分ではなかったが、食べないともたないと思い、トーストとコーヒーの簡単な朝食を用意してふたりで食べる。

「交番に寄るから俺は早めに出るけど、おまえはもうすこしゆっくりしていたらいい。合鍵渡しとく」

仁科は合鍵を受けとると、それをポケットにしまった。

「じゃ、行ってくる」

蓮が出かける支度を済ませて玄関へむかうと、仁科もそれに続いた。

「交番、俺もつきあいますよ」

合鍵を受けとっておきながら、仁科もいっしょに家を出ると言う。

「子供じゃないんだから、交番ぐらいひとりで行けるぞ」

「乗りかかった舟ですから」

スーツではなくシャツにブルゾンというラフな格好で家を出て、交番へむかった。

少々緊張しながら事情を語り、交番を出て最寄り駅へむかったとき、携帯が鳴った。

早朝だが、いまの蓮に電話をかけてきそうな者は複数いて予想がつかない。誰からだろうと表示を見て、心臓が飛びでそうになった。

電話の主は涼太だった。慌てすぎて指がうまく動かない。もどかしく思いながら通話ボタンを押し、息せき切って話しかける。

「もしもしっ。涼太っ⁉」

『あ、兄ちゃん？　は〜。ごめんね連絡できなくて』

受話器越しに届く声は疲労が滲んでいたが、悲壮感は感じられなかった。

『よかった。やっと連絡できた』

「無事か？　いったい、どうしたんだ。なにがあったっ」

『うん。それがね、お店の倉庫に閉じ込められちゃって、出られなくなっちゃってたんだ。携帯はロッカーに入れたままだったから、助けも呼べなくて』

明るい声が続ける。

『朝になって店のスタッフが倉庫を開けてくれて、いま、無事に出てこれたところ』

「じゃあ、ケガとか、アレルギーとか、事件に巻き込まれたとか」

『全然そんなんじゃないよ。間抜けでごめんねえ』

あはは、と明るい笑い声が聞こえてきて、蓮はへなへなとその場に崩れ落ちた。

「そうか……」

無事でよかった。安堵《あんど》しすぎて涙が滲んだ。

すぐにそちらへ行くと言って電話を切り、様子を窺《うかが》っていた仁科に事情を伝える。

「そんなことだろうと思いましたけどね」

呆れたような笑いを浮かべつつも、仁科もほっとしたように肩の力を抜いていた。


たったいま出てきたばかりの交番へ戻って弟の無事を報告してからタクシーを使って仁科とともに手芸店へむかうと、店の前まで涼太が迎えに出た。

「兄ちゃんっ」

蓮の顔を見るなり、涼太が飛びついてくる。

「心配かけてごめんね〜っ」

華奢《きゃしゃ》な身体をしっかり抱きとめると、その後ろに三上の姿があった。目があい、軽く会釈される。

「本当に、それだけだったんだよな。じつは誘拐されてたとか拉致《らち》監禁されてたとかじゃないよな。ケガもないな」

蓮が念のために確認すると、涼太が明るく笑う。

「うん。ほんとにほんとにだいじょうぶだよ。ぼくももう大人だから、子供の頃みたいに誘拐されたりしないから」

「だったらいいが……。閉じ込められたって、どうしてそんなことになったんだ」

「ぼくが中にいるのに気づかないで、戸締りの係の人が倉庫の鍵を閉めちゃったんだ。倉庫、暗いし、広いしね」

涼太が失敗を恥ずかしがるように笑いながら身体を離す。

「きっと兄ちゃん、いまごろ心配してるだろうなってぼくも心配だったんだけど、連絡できないからどうしようかと思ったよ。大声だして助けを呼んでも誰も来てくれないし。おなかも減ったし」

「そうか。なにか食べるか」

「ううん。いまコンビニのおにぎり食べたところだから、だいじょうぶだよ」

蓮の後ろにいた仁科が三上に話しかける。

「俺、三上さんといっしょかと思って連絡したんですけど」

三上がばつが悪そうに眉尻を下げた。

「じつは、俺もいっしょに閉じ込められてたんだ」

涼太の案内で、三上が生地の搬入作業をしていたのだという。

「え。でも。携帯は」

「それが、充電切れで」

三上が蓮にむけて頭を下げる。

「ご心配をおかけして申しわけなかったです」

「いや……」

「俺がついていながら、本当に……」

蓮は腰に手をやり、吐息をつく。

「きみも、無事でよかったよ」

顔をあげた三上に、蓮は静かに言った。

「探偵なんだそうだな。てっきり生地問屋だとばかり思ってた」

三上が申しわけなさそうに眉尻をさげる。

「すみません。ちょっと、ふつうの職業じゃないんで……どう思われるかわからなかったので、言いだしにくくて。隠すつもりはなかったんですが」

そうだったのだろうと思う。生地問屋の仕事をしているのはまるっきりのうそでもないようだし、べつに責めるつもりはなかったのだが、涼太がかばうように口を挟んできた。

「三上さんは、初めから話すつもりだったんだよ。でもぼくが、兄ちゃんには様子を見てから言ったほうがいいって言ったんだ」

自分よりも三上側につく弟に、それまで感じたことのない距離を覚えつつ、蓮は苦笑した。

「うん。それはいいんだ。ただ、探偵だって知ってから、事件に巻き込まれてるんじゃないかと心配が増してね」

「探偵といっても、行方不明のペット探しとか浮気調査がほとんどで、事件なんてほどのものはないですから、それは心配しないでください」

仁科が言ったのとおなじ説明を三上がする。

「万が一やっかいな仕事があったとしても、涼太くんを巻き込むことはしないと約束しますので、どうか俺を信じてください。今回はご心配をおかけしましたが、仕事でこんなことはないですし、仕事に涼太くんを連れていくことはないですから」

三上は蓮兄弟の関係性をよく理解しているようで、親でもない蓮に対して生真面目に話す。

その誠実な態度に、蓮は不信感を和らげた。

「木曜日、カフェできみを見たよ」

「カフェ……え、いたんですか?」

三上が驚いた顔をし、それから恥ずかしそうに頭をかく。

「あれを見られてたんですね……心配になるはずだ」

申しわけない、と三上はなんども謝罪する。

「あれ、仕事中だった?」

「はい。あの小汚い格好には、事情がありまして」

真相を知れば、三上への漠然とした不安は薄れていた。雰囲気の暗さはあいかわらずだが、それは表情が乏しいだけなのだろうし、それ以上引っ掛かりを覚えて気持ちを引きずることはなさそうだった。初めから探偵だと知っていれば、彼から感じた独特な雰囲気や違和感は裏稼業的な仕事のせいだと納得し、胡散臭いとは思わなかっただろう。

蓮の様子が落ち着いてきたのを見計らい、仁科が話をまとめるように言った。

「ともかく、ふたりとも無事でよかった」

涼太がそれに笑顔で頷く。

「兄ちゃんたちには心配かけちゃって悪かったけど、でも、そんなわけで三上さんもいっしょだったから、不安でもなかったし。このとおり、元気いっぱいだよ」

蓮から離れた涼太が、三上の腕に自分の腕をからませながら彼を見あげ、にっこりと笑う。

「それに……いま思うと、ちょっとスリリングで楽しかったよね」

三上が照れたように赤くなる。

ふたりのあいだに突如としてお花畑チックなピンク色の空気が広がった。

その三上の反応からして、ふたりが倉庫でどんな一夜を過ごしていたか、ありありと想像ができてしまった。

そもそも閉じ込められる状況というのもなんだか不審だ。倉庫内が暗くて静かだったから、誰もいないと思われて鍵をかけられたのだろうし。ふたりでまじめに仕事をしていたなら、係の者だって気づいただろう。

いやまあ、自分たちもおなじ頃におなじようなことを会社でしていたわけで、なにやってんだよと責められる立場でもないのだが。

邪気もなくえへへと笑う涼太を眺めていると、あれほど心配してあちこち探しに歩いた自分がばかみたいだと思えて、蓮は脱力した。

徒労感を感じて無言で立ち尽くす蓮の耳元に、仁科が冷めた声でささやく。

「ほらね。あなたの弟は、こういうやつなんですよ」

返す言葉もなかった。

そうなのかもしれない……と、ちょっとだけ思えてしまった事実が悲しい。

「さて。では蓮さん。弟の無事な顔を確かめたことだし、仕事に行きましょうか」

「あ……、そうだな」

「あれ？　土曜日なのにふたりとも仕事？」

ふしぎそうに顔をむける涼太に、蓮が答える。

「ああ。昨日の残りがあって」

「そっか。今週もずっと残業だったもんね」

「ひと区切りはついたんだけど、思いがけず発展してしまってな。詳しくはまたあとで話す」

仁科が涼太に目をむける。

「春口たちは、今日の予定は？」

「仕事だよ。普通番だから夕方まで。閉じ込められてたからって休めないもんね」

「わかった」

そのとき仁科と涼太が妙な目配せをしたような気がしたが、気のせいだったかもしれないと蓮は深く考えなかった。

「じゃあな。またあとで。あ、そうそう、美奈子さんに無事だって連絡してくれ」

「うん。すぐに電話するよ。じゃあ、気をつけて～」

涼太たちに見送られてふたたびタクシーに乗る。不安と心配でひと晩眠れずにいたが、安心したため急激に睡魔が襲ってきた。

会社につくまでは眠っていてもいいだろうかと目を瞑ると、すとんと眠りに落ちた。

「蓮さん。着きましたよ」

しばらくして仁科の声で目覚めた。

「あ、料金」

「もう払いました。降りてください」

「悪い。俺、払う。いくらだった？」

鞄から財布をとりだしながら車から出る。そして車外の景色を見て面食らった。てっきり会社の前に停車したのだと思っていたが、そこは仁科のマンション前だった。

「え？　なんで」

きょとんとすると、仁科が軽やかに笑った。

「やっぱり仕事をするのはやめましょう。気が紛れるならと思って誘いましたけど、蓮さんも安心したでしょうし」

手を引かれてエレベーターホールへ進む。安心して気が緩んでいるせいだろうか、それとも寝起きで頭がぼうっとしているせいだろうか、なにも考えずになんとなく連れられて、仁科の自宅へあがった。

「ええと……それで、なんでおまえんち？」

居間まで来たところで疑問が浮かんだ。

「昨夜はお祝いを断られましたけど、あなたの心配事は解決したことですし、仕切りなおして仕事の進展を祝ってもいいでしょう？」

腰を抱かれ、やや強引にソファにすわらされた。そのとなりに仁科も腰をおろす。

「あなたの家だと、春口が帰ってくる可能性もありますし。仕事だとは言ってたけど、わかりませんからね」

閉じ込められていた疲労で早退したとか言って帰ってくるかも、などと言いながら、仁科が肩を抱く。

「眠い？　昼までひと眠りします？」

「あ……いや。さっきうとうとしたから」

「そう……蓮さん、こっちむいて」

呼ばれて顔をむけると、仁科が色っぽいまなざしをして、唇を近づけてきた。

キスの気配に胸が高鳴り、反射的に素直に受け入れようとしてしまったが、すぐにそうじゃないだろ、と気がついた。

「いや。いやいや。待て待て」

自分は仁科を怒っていたのだ。涼太の失踪《しっそう》騒ぎで脇に置いていたが、忘れたわけではない。涼太や仕事の件は解決したが、そちらの件はなにひとつとして解決していないのだ。

ひと晩いっしょにいてくれたことに感謝はしているが、それとこれとは話がべつだ。このまま流されたら、きっとまた嫌な思いをするはめになる。

「そういうことは、もうおまえとはしない」

仁科はこうやって、あの件を流そうとしているのかもしれないと疑って、強気で彼の胸を押し返した。

「言っただろう。忘れたのか」

「なにをです」

また、言えというのか。

謝ってほしいという気持ちは変わらないが、きらいだとか別れるだとか口にするのは、ちょっとためらわれた。昨日はいきおいで言ってしまった面があるし、本気できらいだとは思っていない。頼もしさを再確認したばかりだ。でも、言わないと話が進まないらしい。

「だから……おまえなんか、き、きらいだって」

仁科が不服そうに鼻を鳴らした。

「まだそんなことを言ってるんですか」

「まだって、昨日の今日だろ。いろいろと俺に謝ることがあるだろ。まずは謝罪しろ」

「あなたこそ、ひと晩俺と過ごして、反省してなかったんですか。きらいだなんてうそを言ってごめんなさいって。いきおいで言っちゃっただけなんですって謝るなら、俺も考えますよ」

「おまえなっ」

「なんですか」

平然と見返してくるまなざしが憎たらしい。恋人にきらいだと言われたのだから、すこしぐらいは焦ってくれてもいいではないか。

ぐぬぬ、と唇を嚙《か》みしめ、この男をやり込める方法はないものかと考えた。

そこで閃《ひらめ》いた。いつもの仁科のように、冷ややかな笑みを浮かべてあざ笑ってやったらどうか。今度はこっちがからかってやったらいいんじゃないか。

蓮は体勢を立て直すべく息を吸い込んだ。

「ふん……おまえ、俺のことが好きだから、いつも意地悪なことしちゃうんだろ。え？　そうなんだろっ?」

胸をそらして、冷笑を浮かべる。

「おまえもかわいいところあるよなっ」

よし、完璧だ。これで仁科も顔を赤くしたり焦って言いわけしたりするんじゃないかと思ったが。

「あたりまえじゃないですか」

しかし返ってきた反応は思っていたものではなかった。なにを言っているんだと言わんばかりの澄まし顔。仁科は図星を指されて顔を赤らめたりはしなかった。いつもの調子で、逆に蓮のほうが調子が狂い、冷笑を保てなくなった。

「あたりまえって、なんだよ。好きだったらなにしてもいいのかよ」

「なにしてもいいだなんて、思ってませんよ」

「だったら、どうしてひどいことばかりするんだ」

仁科はすぐに言葉を返さず、高飛車そうに見つめてくる。整いすぎた顔はなにを考えているのかまったくわからない。その無言の圧迫に耐えかね、蓮はぎゅっと眉を寄せた。

「……おまえ、本当に俺のこと好きなのかよ」

けっきょく、昨日とおなじようになじってしまう。

「からかって遊んで、おもちゃとしか思ってないんじゃないのか」

「どうしてそう思うんです」

仁科の声がいやに冷たく聞こえる。

「それはそうだろう？　俺ばっかり好きだとか言わせられてるけど、おまえ、俺のこと、好きだってちゃんと言ってくれたこと、いちどもないし。つきあってるって思ってたけど……ちゃんと、つきあおうって言ったわけでもないし、抱きあっただけで、俺が一方的に好きだって言わされただけで、これってつきあってることになるのかな、とか……」

仁科が苛立たしそうに眉をひそめた。

「なんなんですあなたは。小中学生のように、好きですおつきあいしましょうと言わないとわからないんですか」

「だって、おまえ、からかってばかりで……なに考えてるか、ちっともわからない。好きならちゃんと、言葉にしてほしい」

「俺の考えてること？」

不愉快そうな表情をする仁科を、蓮は開き直った気持ちで見据えた。

「そうだ。ひと言でいい。ちゃんと、言ってくれ」

仁科は一拍ほど蓮を真正面から見返した。そして腰に手をあて、すっと息を吸い込んだ。

見つめてくるまなざしが冷ややかな光を帯びる。ばかばかしい、と切り捨てられそうな鋭さに蓮が固唾《かたず》を呑《の》んだ次の瞬間、彼の形のよい唇が開いた。

「わかりました。では言葉にしましょう。ええ、そうですよ。俺はあなたが好きです。初めて会ったときから気になって仕方がありませんでした。ええ、ひとめ惚《ぼ》れですよ。ぞっこんです。初めは頭のおかしい人かもとちょっと思ったりもしましたけど、すぐになんだこのかわいい生き物はとしか思えなくなりました。ノンケだったはずなのにそんなことも吹っ飛ぶくらい夢中ですよ。どうにかして気を引きたくて意地悪なことを言ったりキスしたりしましたよ。そうするとあなたはすごくかわいい反応をしてくれるから、ますます俺はからかいたくなるんです。あなたを独り占めしたくなるんです。自覚したのはいっしょに大学に行ったときですかね。どうにか気持ちをつかむことができてからはそりゃもう有頂天でしたよ。でもあなたは俺を好きだと言いながら涼太涼太涼太。俺といっしょにいるときでも涼太。抱かれているときも涼太。俺はね、あなたを知って、自分でも初めて知りましたが、独占欲が強いらしいです。あなたのすべてがほしい。弟なんかよりも俺に夢中になってほしい。俺があなたに夢中なようにね。でもね、俺はかっこつけなんです。春口に嫉妬《しっと》してる自分が悔しいし、そんな自分をあなたに知られたくないんです。三つも年下だというハンデがあるからこそよけいに余裕ぶりたくなる。あなたにガキだと思われたくない。だからそんなそぶりを見せたくないのに、あなたは挑発するようにブラコンぶりを発揮する。これが苛つかずにいられると思いますか。あなたは俺のことだけ考えていればいい。春口がいるのに抱いたのも会社で抱いたのも、かわいそうだったかなとは思ってますよ。でも謝るつもりはありません。

そうすることであなたの頭の中が俺でいっぱいになるなら、してやったりだと思ってます。どうです、これくらいで満足ですか。それとももっと聞きたいですか。ああそうだ。もちろんつきあってるつもりだし、恋人だと思ってますよ。遊んでなんかいません。本気で別れるなんて言ったら、ここに閉じ込めてやろうと真剣に計画するぐらいには俺はあなたに夢中だし、惚れてます」

仁科は顔色ひとつ変えず、流れる水のようにいっきに喋った。

好きだとひと言だけ言ってもらえればそれでじゅうぶんだと思っていた蓮は、予想外の言葉の奔流にただただ圧倒され、仁科の整った顔を口を開けて眺めた。

「聞いてますか？」

「……ああ」

遅れて実感してきて、猛烈な恥ずかしさに、背中が汗ばんできた。当然のごとく頬も熱い。

「なにか、言いたいことは？」

気後れがちに、いちおう気になったことを尋ねてみる。

「……謝って、くれないのか？」

「ええ」

当然、と言わんばかりに堂々と頷かれた。

「謝ったらそれで満足してしまうでしょう。あなたの気持ちの中で俺が占める割合が減るじゃないですか。ずっと俺のことで悩んでいてください」

「…………」

「ほかには？」

「……。なにも」

「なにもないんですか？　俺と別れるという宣言の撤回は？」

生意気な微笑で見おろされたが、それに反感を覚えることはできなかった。すっかり毒気を抜かれてしまった感じだ。

ひと言謝罪の言葉を聞くまではと思っていたのに。しかも謝罪する気はないと堂々と宣言されてしまったというのに、それもどうでもいいような気持ちにさせられた。

「……撤回、します……」

仁科が満足そうに口角をあげ、王子様のような笑顔を見せる。

「では、キスしても？」

仁科の手が頬にふれる。キスしていいとも嫌だとも言っていないが、仁科の顔が近づき、唇が重なった。

やっぱりこの男にはかなわない。いちどぐらいは見返したいものだと思っていたが、今回も完敗してしまったようだ。でも、それでもいいと思えた。

あれほどたくさんの言葉をすぐに溢《あふ》れださせることができるのは、普段から自分のことを

考えてくれているからなのだろう。

仁科にそれほど想われていたとは思ってもみなかった。謝罪をする機会を窺っていたのだと思っていたが、謝罪するつもりはないと言われてしまった。しかしそれは自分の気を引きたいためだと言われたら、たとえそれがうそだったとしても、許すしかないじゃないか。

キスを受けながら言われた言葉を改めて思い返すと、恥ずかしさがさらに込みあげてくる。いつも皮肉っぽくて理性的な態度をしているから、恋愛に対しても冷めている男なのかと思っていた。それが心の中ではあんなに熱いことを考えている男だったとは。

知らなかった。

「いま、なに考えてます」

嬉しいやら恥ずかしいやらで頭がいっぱいで、キスへの反応が鈍かったためだろうか、仁科がいったん唇を離して尋ねてくる。蓮は赤い顔をしながら素直に答えた。

「……おまえのこと」

「それならいいですけど」

「おまえ……涼太に嫉妬してること、俺に知られたくないって言いながら、自分でばらしてるのな……」

照れながらつっ込みを入れると、仁科は開き直ったように返してくる。

「だってもう、ばれてるでしょう」

「うん……」

しっとりと唇を重ねられる。蓮は口を開き、舌をすこしだけ差しだした。すると仁科の舌がそれに呼応するように伸びてきて、舌先を舐められる。すぐに深いキスにはならなかった。いつものような官能的なものではなく、舌の駆け引きを楽しむように、なんども角度を変えて、浅いキスをくり返す。だから蓮もたわむれのようなキスをしているつもりだった。しかしさりげなくすこしずつ弱いところを刺激されて、知らぬまにのぼせたように身体が蕩《とろ》けていた。まどろみのような気持ちのよさが徐々に甘く痺《しび》れるような快感に変わり、興奮を高められていく。

「あ……ふ」

あれ、と気づいたときには中心も熱を持って硬くなっていた。

仁科に優しく体重をかけられて、ソファに押し倒される。それには抗わなかった蓮だが、彼の手が服の裾《すそ》から忍び込んで素肌にふれてきたとき、その腕をつかんだ。

すでに硬くなっていることに気づかれたら、キスだけでもう勃ってるのか、とからかわれてしまう。

「……仁科。今日は、ああいうの、嫌だからな」

「ああいうのって？」

「意地悪なのとか、お仕置きだとか」

見おろしてくる顔が、優しくくすりと笑う。

「しませんよ。気持ちいいことだけしてあげます」

頬にくちづけられ、上着を脱がされる。シャツのボタンをはずされ、素肌の胸に男の手がふれたとき、蓮は大事なことに気づいてふたたびその手をとめた。

「ま、待て」

仁科がちょっとだけ苛立った顔をする。

「なんです」

「その、準備が……塗るものとか、ゴムとか」

「ああ。べつにいいでしょう」

仁科は関心なさそうに蓮の手をやんわりとはずし、愛撫《あいぶ》を再開させようとする。

「よ、よくない。ないなら買ってくる」

起きあがろうとしたが、逆に押さえ込まれた。

「こだわるんですね。舐められるの、そんなに恥ずかしい?」

「それもだけど、中にだすのも……やめてくれ。だから、買ってくる」

「そういえば、中出しも嫌がってましたっけ。あの状況だから嫌がってるのかと思ってましたけど。今日も嫌?」

「そうだ。普段も、やめてくれ」

仁科がふしぎそうに見つめてくる。

「どうして」

「どうしてって……」

「終わったあとに後始末をすれば問題ないでしょう」

「でも……」

口ごもっていると、彼の手がそろりと胸に伸び、片方の乳首にふれてきた。ぴくりと身体が震える。

「……っ」

「わからないなら自分で考えろ、なんて言わないでくださいね。俺には言葉にしろと言って言わせたんですから、あなたも教えてください」

指先で乳首をつつかれながら催促される。ふれるかふれないかの微妙なタッチが蓮の思考をかき乱す。

「お互いに気持ちよくしたいでしょう。素直に言わないと、お仕置きしたくなるかもしれません」

仁科がもう一方の乳首に唇を寄せ、ぺろりと舐めた。

「あ……、んっ」

「ほら。言って」

嬲《なぶ》るように舐められたと思ったら、今度は口に含まれて吸われた。敏感な先端を強く吸われ、ずきんと痛むような快感がそこから生まれる。

乳首なんて、男なのにと思うのに身体がぴくぴく反応してしまって、とめられない。

「や……、そ、んなに強く、吸うな……っ」

嫌がっても、仁科はそれを無視して音を立てて吸いあげる。

「ん……っ、仁科……っ」

「恥ずかしがってないで、早く教えて。でないと今日も中出しします」

蓮は快感に荒い息を吐きだしながら、声をあげた。

「言うから、それ、ちょっとやめ……」

胸に吸いついている仁科の頭が、いったん離れた。その代わり、今度はズボンのベルトをはずしにかかる。もたもたしているうちに、どんどん先に進まれそうだ。

「待てって……だから、その……終わってから始末しても……ずっと中に残ってるような感じがして……」

仁科が顔をあげる。蓮はその視線から逃げるように顔を背けながら、弱々しく白状した。

「マーキングされてるっていうか……おまえの匂いが身体の中に染みついてるような気がして……、何日もおまえとのエッチのことを思いだして……仕事中とかも……エロい気分が残っちゃって……」

初めて抱きあったときはゴムを使ったが、二度目のときは使わなかった。その後しばらくは、仁科の匂いが気になってしかたがなかったのだ。

視線が痛い。ベルトをはずしたところで、仁科は動きをとめていた。

「……俺の匂い？」

「そう。そんなはずないのに、身体が吸収しちゃうような……気のせいだろうけど、何日もずっと、残ってる感じで。だから準備を……」

赤くなりながらおずおずと仁科のほうを見あげると、彼の喉《のど》がごくりと動いたような気がした。そのまなざしは、先ほどよりも興奮が滲んでいるように見える。その首がゆっくりと動き、頷いた。

「わかりました」

にこりと綺麗《きれい》に微笑まれた。

「じゃあ、中にださなければ、そのままでもいいですか。俺は、じかにあなたと繋がりたいんです」

達くときは外にだすと言う。それならば蓮もかまわない。

「ん……。ださないなら……」

頷くと、仁科が動きを再開し、ズボンを脱がされた。下着もすばやく脱がされ、下肢は靴下のみとなる。上はシャツの前をはだけたままで、蓮は仁科のシャツに手を伸ばした。

「おまえも」

自分だけ裸なのは恥ずかしくて仁科にも服を脱ぐよう促す。

しかし仁科は服を脱ぐ暇もおしむように蓮の上にのしかかり、むしゃぶりつくように首筋に顔を埋《うず》めた。

「あなたの香り……、興奮する」

感じやすい耳から鎖骨へと舌を這わせられる。同時に脇から胸、腹部へと、丹念に指の腹でまさぐられ、その繊細な指使いに心地よい快感と興奮が高まった。舌と指での愛撫は徐々に下へとおりていき、やがて中心へと到達する。

仁科は勃ちあがった蓮のそれを握り締めた。

「綺麗な色。やっぱり、明るいほうがいいですね。あなたの身体がよく見える」

「……っ、んなとこ、じろじろ見るな、ばか……」

明るい照明に照らされたそれを、仁科に間近で観察される。皮膚の様子や毛穴まで見られているのを感じながら、張り出た血管やすじを丁寧に撫《な》でられ、羞恥に耐えるように蓮は目を瞑った。するとぬるりとした舌で裏の筋を舐められ、ぞくりと快感が背筋を這いあがる。

「……っ」

ぬめった舌は茎から先端へむかって舐めあげ、敏感なくびれをなぞる。次第にそこは硬くなり、さらなる刺激を求めるように熱を持つ。そして熱い口の中に迎え入れられた。

「……っ……ぁ」

快感に目が眩《くら》む。手足をじっとしていられなくて、仁科の頭に手を持っていった。下肢は自然と開き、膝をたて、力を入れて快感をこらえる。

口と舌で舐められ、しゃぶられ、吸われ、気持ちよくてそれしか考えられなくなる。恥ずかしさも快感に押しやられ、高みが見えはじめた頃、唐突に刺激が中断した。

「そうだ。先に俺のほうをこうしてもらおうかな」

仁科がそこから口を離し、思いついたように言いながら身を起こす。

「……え……」

「このままの流れで挿入しちゃうと、興奮して中出ししちゃうかもしれない。だから先にいちど、達かせてくれませんか。あなたの口で」

仁科はソファに腰かけ、ズボンから中心を取り出した。

中に出すなと言ったのは蓮だし、そうしないための予防策だと言われたら、そうなのかなとも思ってしまう。だが、いまにも達きそうなところで放りだされたのが、わざと意地悪をされたような気もする。

——でも今日は意地悪をしないという約束だし……。

高められた身体の疼きを持て余しつつも、すぐにまた気持ちよくしてもらえると信じて身体を起こし、床に降りた。そして仁科の脚のあいだにひざまずく。

目の前に、硬くなった猛りがある。それをそっと握り、それから顔を寄せて唇に含んだ。

仁科のそれは大きくて、頬張るのがけっこう辛い。それでもがんばって、先ほど自分がされたように一生懸命咥えていると、先端から苦いものが出てきた。それも舌先で舐めとって、嚥下《えんか》する。

頭上から届く仁科の吐息が荒くなる。

「蓮さん……口に、だしてもいいですか？」

頭を撫でながら、尋ねられた。

「やっぱり、好きな人の身体の中で達きたいのってオスの本能ですかね。下がだめなら、せめて口で……いい？」

自分は仁科の中にだしたいとはさほど思わないが、おなじ男として彼の気持ちはわからなくもなかったし、なぜか下で中出しされるのと違い、口にだされるのはさほど嫌でもなかった。

「いいぞ」

いったん離してから答え、ふたたび口に含もうとしたら、仁科の手が自らそれの根元を握った。

「先端だけ咥えててください」

言われたとおりにくびれの辺りまで咥えると、仁科が自分で茎をしごきはじめる。

「でます……」

頭上で呼吸をとめた気配を感じたとき、口の中に熱い液体が流れ込んできた。

オスの香りにむせそうになる。すべてを口の中に受けとめて唇を離すと、仁科の指が閉じた唇を押さえるようにふれてきた。

「ださないで、飲んでください」

ささやく声はお願いしている口調なのに、有無を言わせぬものがあった。

「俺の味……よく味わって」

唇にふれていた指先が顎からのどへ滑っていく。悪魔の誘惑を聞いているような気分で、蓮はすべてを飲み込んだ。苦味がのどの奥まで伝わっていく。

「……っ、ん……」

胃に収めて息をつくと、仁科に身体を引きあげられ、くちづけられた。

仁科の残滓《ざんし》が残る口の中に彼の舌が入り込んでくる。彼の香りを口じゅういっぱいに広げられているようにまんべんなく舐められ、いやらしく舌を絡められた。

燻っていた情熱の疼きが再燃する。もっとほしくて舌を差しだすと、がんばったご褒美というように優しく愛撫され、快感で腰が溶けそうになる。

夢中になって仁科のキスを味わい、頭も身体もとろとろになる。肩を抱く仁科の手が離れたら、自力では身体を支えきれなくて床にへたり込むだろう。もうどうにでもしてくれと言いたくなるほど気持ちよくさせられて、やがて仁科の唇が離れていく。気がつけば、羽織っていたシャツをいつのまにか脱がされていた。

「続きはベッドでしましょうか。立てますか」

「え、あ……無理……かも……、うわっ」

答えるなり仁科の腕に攫《さら》われて、抱きかかえられてしまった。

いつぞやのようにお姫さま抱っこで寝室へ運ばれ、ベッドに降ろされる。仁科は壁際のクローゼットから小箱をとりだしてベッドに戻ってきた。

「舐める代わりに、これでいいですかね」

見せられたのは未開封のローションだった。仁科もベッドにあがると、服を脱ぎ、ローションの蓋を開けて手のひらにとる。

「あなたのも、飲んであげる」

「や、べつに俺は……、っ……」

仰向《あおむ》けに寝かされた上に仁科が覆いかぶさってきて、開いた脚の中心をふたたび舐められた。根元のほうはローションに濡れた手でゆるくしごかれ、先端は口に含まれる。ローションのぬるりとした感触。仁科の手は指が長くて手のひらも大きいから、全体を包まれると気持ちがよくてそれだけで声が出そうになる。そのうち片方の手が陰嚢《いんのう》を揉《も》み、後ろへと這っていく。ローションをまとった指先が入り口にふれ、そのままぬぷりと入ってきた。

「……っ、ん……っ」

中へ潜り込んだ指はローションで滑りやすくなっているが、異物感は変わらない。狭いそこを抜き差しされて、強い刺激に力が入りそうになるが、目を瞑り、息を吐いて緩めようと試みる。

そこに仁科を受け入れるのはこれで何度目になるのだろう。まだ数えるほどだが、そこの緩め方は、なんとなくコツをつかめるようになっていた。

前をいじられる刺激が強くなり、そこから生まれる快感に身を任せていると、後ろの指が増やされる。すこしずつ広げられ、奥まで届くようになってきて、やがて指の腹がいい場所に到達する。

「ん、あ……っ」

そこからは快感が加速して、身体の熱がいっきに高まった。中のいいところをなんども突かれ、それにあわせて前を刺激する舌がくびれに絡みつく。熱い血液が身体中を巡り、汗を滴らせる。下腹部にたまった熱を解放したくて、息を乱して男の名を呼ぶ。

「仁科、ぁ……っ」

応えるように先端を吸われ、すべてを持っていかれそうになる。どうにかなりそうで、まぶたをぎゅっと瞑ると、目の奥でちかちかと悦楽の光がまたたいた。その瞬間、蓮は下肢を震わせながら快感の頂点を迎えた。

「っ……」

男の口に欲望を解き放つ。仁科の喉がごくりと鳴ったのが蓮の耳にも届いた。

快感で朦朧としつつ目を開けると、仁科の色っぽいまなざしに顔を見つめられていた。

解放したばかりのいまの自分は、さぞいやらしい表情をしているだろう。恥ずかしいと思う。しかしそれ以上に、仁科のキスがほしいと思った。

「仁科……キス」

「待って」

甘えるようにねだったが、仁科の指が後ろにうがたれたままだ。

「そのまま、力を抜いていてください」

仁科は指を引き抜くと、蓮の大腿《だいたい》をつかんで、大きく広げさせた。そして指が入っていた場所に、己の猛りをあてがう。

「……っ」

ゆっくりと、硬いそれが入ってきた。

達ったばかりでどこもかしこも敏感になっているところにそれを受け入れると、全神経の伝達がおかしくなったかのように身体が震えた。強い刺激に涙が目尻を伝う。仁科を受け入れている粘膜も、すごいことになっていそうだ。

「だいじょうぶですか」

「ん……」

全部が収まると仁科が身を倒し、蓮の腰と背中に腕をまわした。そしてぐいと引き起こす。

「ん、あっ」

仁科の膝の上に、蓮が跨《また》がって乗っている格好になる。うろたえているうちに、下からの突きあげがはじまった。熱い剛直に内部を焼かれて、あとからあとから快楽がほとばしる。

「は……あっ、ん……っ」

身体を揺さぶられ、蓮は必死に目の前にあるたくましい身体に抱きついた。けっして激しい抜き差しではない。しかし的確にいいところを突かれ、達ったばかりのはずの身体はふたたび熱を持ち、快感を覚えた。

いちど達っているためか、身体は潤み、ほどよく緩んで仁科を受け入れている。仁科のリズムで抜き差しされているうちにさざ波のように快感が押し寄せて、遠くへ運ばれそうな陶酔を覚えた。興奮が徐々に高まり、喘《あえ》ぎ声が間断なくこぼれる。脈拍が激しくなり、汗が全身から流れ落ちるほど熱くなった頃、仁科がふと動きをとめて、唇を寄せてきた。

「蓮さん……」

仁科のキスは好きだ。蓮も顔を近づけ、唇を重ねた。

「ん……」

繋がって、抱きあったままするキスは、官能的でとても幸せだった。いったん唇を離すと、至近距離から見つめあう。色っぽく微笑《ほほえ》む仁科にひたいの汗を拭われ、また唇を寄せる。

優しいキスをかわし、激しかった心臓の鼓動がすこし落ち着いてくると、仁科が腰を揺り動かした。その揺れで唇が離れる。

「あ……は……、……っ」

「俺もあなたもいちど達ってるから、今日は長いことこうしていられますよね」

仁科が蓮の腰を持って、上下に揺する。ふたたび快感が高まって、極みに近づくと、また腰の動きを制止して優しいキスをされた。それをなんどかくり返される。

「……。なあ……、……っ」

仁科のキスは好きだし、こうしたエッチもいいかもと初めは思っていた蓮だが、高みにのぼるとタイミングを見計らったように中断されて、なんだか焦《じ》らされているような気分になってきた。

そういえば、以前お仕置きと称してされたエッチも、たしかこんなふうに焦らされたのではなかったか。ゴールに届きそうで届かない、くるおしい快楽を延々と与えられ続けたのではなかったか。

「仁科……っ」

じれったくなってたまらず声をあげると、見返す男の熱いまなざしの奥に、サドっぽい色が覗いた気がした。

「なんです」

「もう……」

「もう達きたいんですか？　さっき達ったばかりでしょう」

子供を叱《しか》るような口調が、蓮の自尊心を辱める。

「でも……っ」

仁科の片手が蓮の濡れた中心をさわる。その刺激に繋がっている場所がひくついた。

「まだだめです。もうちょっとがんばれるでしょう」

「なんで……今日は、意地悪しないって……っ」

「意地悪なんてしてないですよ。こんなに優しく抱いてるのに」

「や……あっ」

仁科が奥を突きあげる。しかし決定打はもらえず、蓮は泣きそうになりながら身悶《みもだ》えした。

「さっきあなたの口にだしたから、俺はまだ余裕があって。もっと、あなたのいやらしい姿を見ていたいんです。だからもうすこしつきあって」

澄ました調子でそう言って、仁科はじれったい抜き差しを続ける。

散々焦らされ、喘がされた末、ついに蓮は泣きだした。

「お願……、仁科……達かせて……っ」

涙をこぼしながら懇願すると、仁科は満足そうな笑みを見せた。

「しかたないですね」

仁科が蓮の背中に腕をまわし、繋がったままベッドに横たわる。

「キスしながら、が、いいんですよね」

「ん……っ」

蓮もその背に腕をまわす。

「でも、動くので、ちょっと待って」

きつく抱きあい、仁科が激しく腰を律動させた。

「あっ、あっ……」

極みのぎりぎりのところにいた蓮は、奥に叩きつけられた快感で頂点へ登りつめる。煮詰まった灼熱《しゃくねつ》の欲望が抑えようもなく噴出してくるのをどうしようもできず、これではキスを待つ間もなくあっけなく達ってしまいそうだと必死に解放をこらえたとき、仁科が奥をもうひと突きし、蓮の中で身を震わせた。

熱く濡れた淫靡《いんび》な感触。奥に吐精されていることに気づき、はっとする。

「な……おまえっ」

急いで身をよじって逃げだそうとするが、仁科にがっちりと腰をつかまれている。

そして言いかけた文句は、男の唇に呑み込まれた。舌を絡ませるキスをされ、甘くしっと

りと吸われ、その快感で蓮も二度目の解放を迎えた。

「ん……っ……」

白い光の炸裂《さくれつ》に包まれ、えもいわれぬ快楽に包まれながら身を震わせ、自分の腹を欲望で汚す。下腹部や繋がっている部分がひくひくと震え、中に埋め込まれているものを意識した。それは依然として硬く、存在を主張していた。

キスが解かれて身じろぎすると、繋がったそこからいやらしく濡れた音が溢れて、ぬるりと仁科の楔《くさび》が滑る。

「な、中出し、するなって……」

はあはあと息を乱しながら訴えた。

「もう遅いです。いっぱいだしました」

「おまえ……っ」

泣き濡れた瞳で睨みあげると、仁科が満足そうに笑う。

「あなたね。中出しされるといつまでも俺の匂いが染みつくとか俺を思いだすとか、そんな挑発的なことを言われて、俺が中出ししないと本気で思ってたんですか」

「……っ、ばかっ、変態っ」

「変態でけっこうです」

「サドっ！」

「俺もそう思います」

仁科は笑いながら楔を抜くと、息を整えるまもなく蓮を抱えあげ、ベッドから降りた。

「でも、あまり意地悪してきらわれたくないですから、後始末、してあげます」

「い、いいっ。自分でやるっ。降ろせっ」

「遠慮せず」

「遠慮じゃなくて、おまえに任せたらなにされるか……っ」

じたばたともがくが逃れることはできず、浴室へ連れていかれた。

洗い場に降ろされると、後ろから抱きかかえられるようにして後ろを探られた。マンションの狭い浴室で男ふたりがすわったら、もがくこともままならない。もとより抵抗できるほどの力も残っていなかった。

やすやすと後ろに指を受け入れてしまう。中に入れられた二本の指にいいところをこすられ、甘い声があがる。

「あ……っ、や」

二度も達ったあとだというのに、過敏なそこをさらにこすられるのはたまらない。身体が逃げをうつが、仁科に腰を抱えられていてかなわない。

「じっとして。そんなに動かれると、かきだせない」

指が抜き差しをはじめるが、その動きは中にだした残滓をかきだそうとしているようには思えなかった。あきらかに、ふたたび繋がるために蓮の快感を高めようとしていた。

「中、すごいですよ。ああ、俺のが出てきた」

「あ……あ……」

「身体も洗ってあげます」

後ろから指を引きぬかれた。熱いシャワーで身体を洗い流されて、泡立ったボディソープをつけた手のひらに身体を撫でまわされる。身体のどこが敏感か、その手にはすべて知られている。耳や、腰や、わき腹のとあるポイント。蓮のいい場所を蓮自身に教えるように的確に愛撫され、また、乳首も前の中心もいじられて、それらが熱を帯びてしまう。

「も……やめろ。仁科……っ」

「後始末してるんですよ。俺のが中にあるのが嫌なんでしょう？　だったら我慢しないと。奥にいっぱいだしたから、まだ残ってるかもしれない」

ふたたび後ろに指を入れられ、身体は疲れているのに感じてしまう。前と後ろを手で刺激され、浴室に淫靡な水音が響く。

「あ……は……、これのどこが、後始末、だよ……っ、ぁ……」

「後始末でしょう。後始末でも感じてるだなんて、いやらしい人だな。嫌だなんて言って、すごく気持ちよさそうだ」

首筋に仁科が顔を埋める。柔らかな肌を軽く吸われて、その刺激にも身体が甘く痺れた。

「んう……っ。っ……頼むから……ちょっと、休ませて……っ」

「ええ。もういちどしたらね」

本気で頼んだのに、澄ました声が返ってきた。

やっぱりもういちどする気なのだ。そしてそれだけで終わらせる気もなさそうだった。

「なんで……っ」

「気持ちを通わせてから、どれだけ経《た》ってると思ってるんです。ひと月ですよ？　そのあいだ、あなたを抱けたのは、たった二回。ずっと、あなたにふれたくて我慢してたんです。ようやく思う存分ふれられるっていうのに、こっちだって遠慮してられないです」

後始末の口実もあっさり撤回して本音を言われた。

「な……」

「すみませんけど、諦めてつきあってください」

情熱的なささやきに、顔が熱くなる。求められるのは嬉しい。だが、じゃあ思う存分しろとは言えない。こちらの体力も考えてもらわねば困るのだ。

照れとまどいで、蓮は憎まれ口を口走る。

「ばか……、おまえなんか、きらいだ……っ」

「俺は好きです」

ふいにはっきりとした声に告げられた。

「……好きだ……蓮」

抑えていたなにかが外れたような声でふたたび告げられる。

後ろにいる仁科の表情は見えない。しかしその声は情熱の疼きを覚えるような、ひどく真《しん》摯《し》なもので、蓮の耳と心を震わせた。

不意打ちの告白に驚いて言葉をだせずにいると、後ろを穿《うが》っていた指が引き抜かれ、仁科の熱い猛りがあてがわれた。腰をつかまれ、有無を言わさずそれを埋め込まれる。バランスを崩した蓮はとっさに壁に手をついて、それを呑み込んだ。

「ん……、く……っ」

なかばまで埋め込まれると、仁科に両膝裏を持たれて身体を持ちあげられ、真上からおろされる。

「好きって言って」

ゆっくりと埋め込まれながら、どことなく切迫した声に好きだと言ってほしいと懇願される。

「俺のこと、好きでしょう?」

「っ……、……きらい、だ」

めずらしく余裕なく求めてくる男の様子に煽られ、欲情が底のほうから燃えたってくるのを感じる。しかし本心は見透かされているとわかっていながら、意地になってきらいだと言い張った。

「それって、もっと意地悪されたいってことですかね」

「違う……っ、……あ……」

「困った人ですね。じゃあ俺に脅されてしかたなくということでいいです。好きだと言って」

「ばか」

「ばかですよ。でも好きなんでしょう？」

甘えるように、でも必死さも伴って尋ねられて、心が蕩かされる。もう、意地を張ることはできなかった。

脚を抱えているたくましい腕へ、蓮は手を伸ばしてつかみ、力を込めた。

「……好き、だ」

蚊の泣くような声で返してやった。

「別れるなんて、もう言わないでくださいね」

「……ん」

頷くと、満足したような吐息がうなじにふれた。

それからまた、甘く深く身体を揺すられ、ひとときの熱と悦楽に溺れた。

八

月曜の朝。キッチンにフレンチトーストの甘く幸せな香りが漂う。

いつものように愛する涼太のためにフレンチトーストを焼き、バナナジュースを作って、弟を呼びにいく。

「涼太。朝だぞ」

ノックしてから部屋に入ると、弟はあいかわらず天使のような寝顔ですやすや眠っていた。

「涼太。起きろ」

「ん……今日、仕事お休みじゃなかったかな……」

布団の中で、涼太がもごもごと言った。

会社勤めで土日定休の蓮と異なり、年中無休の手芸店店員である涼太の休みは不規則だ。言われてみれば、土日仕事だった涼太は、今日は休みの日だったかもしれない。

「あー。そうだったか。悪い。ゆっくり寝てろ」

いちおう確認のために居間に戻り、コルクボードに貼り付けてある弟のシフト表を見てみると、たしかに休みのマークがついていた。

てっきり仕事だと思っていた。涼太の勤務を間違えるだなんて、これまでなかったのに。

いったいどうしたのだろう。

――土日の疲れが残っているせいだろうか。

あの後、すこし休憩したらまた抱かれ、お祝いだということでちょっと豪華な食事をしたら、また抱かれ。足腰立たなくなるまで離してもらえず、日曜日も夜まで仁科の家で過ごしたのだった。

しつこすぎると文句を言ったら、「抱き潰《つぶ》せば明日も俺の家にいてくれるかと思って」と笑って答えた男の言葉はどこまで本気なのか。

蓮さん、と耳元でささやく男の声が耳にこだまする。淫蕩《いんとう》な週末を思いだしたら思わず頬が赤らみ、月曜の朝からなにを考えているんだと頭をふって仁科の裸体を思考から追いだそうとしていたら、涼太が居間にやってきた。

「おはよ」

「起きたのか」

「うん。朝ご飯、できたてのほうがおいしいもんね」

いっしょにテーブルにつき、いただきますと元気にあいさつしてフレンチトーストを頬張る弟の面倒をまめまめしくみながら、蓮も食べはじめる。

かわいい笑顔を眺めながら、蓮は先週仁科に指摘されたことを思いだしていた。

尋ねてみようか。

「なに、兄ちゃん、じっと見て」

ためらっていたのだが、視線に気づいた涼太に尋ねられ、背中を押されて口を開く。

「うん……こういうのって、うっとうしく感じることないか？」

「こういうのって？」

「おまえの世話を焼くこと。俺は弟に過保護すぎるって、仁科に言われた。きっと、うっとうしいと思われてるぞって」

うん、ちょっとね、なんて言われたらどうしようかと思っていたら、ほがらかな笑顔が返ってきた。

「ええ？　ぼくのほうがいつも申しわけないと思いながら甘えてるのに。ありがたいと思うことは毎日だけど、うっとうしく思ったことなんかないよ」

屈託なく言われて、安堵した。

「そうか」

「やだなあ兄ちゃん。朝から惚気《のろけ》ないでよ」

「え。惚気って……」

「それって仁科くんがぼくにやきもち焼いたってことじゃないの？」

惚気たつもりは毛頭なかったのだが、結果としてそうなったらしい。涼太が含み笑いをする。

「ぷぷ。仁科くんかわいー。じゃあぼく、もっと兄ちゃんに甘えてやろーっと」

弟はなにもかもお見通しのようだ。本当に、自分などよりもずっと人を見ているようだ。かなわないな……と新たな目で弟を見つめた。

「ところで兄ちゃん、今日も残業になりそう？」

バナナジュースをおいしそうに飲み干した涼太が、口のまわりを白くさせながら尋ねた。

「いや。たぶん今日はいつもどおり帰れるんじゃないかな」

仁科との分析の件は、ひと区切りついている。追試験をすることになるかもしれないが、就業時間中に終わるだろうと思えた。

「そっか。ぼくね、今夜、三上さんと会う約束してるんだ。だから夕ご飯いらないね」

「そうか」

「もしかしたら、ちょっと遅くなるかも。でも今日中には帰ってくるよ」

「わかった」

じゃあ、自分も仁科を誘って食べに行ってもいいか。

自然とそんなことを考えている自分に気づき、おや、と思った。

すこし前までの自分なら、涼太が彼氏といちゃついているだなんて、そんな想像をしただけでももやもやして「仁科と食事」どころではなかったのに、いまは平常心を保っている。それればかりか、弟の心配よりも仁科の顔を真っ先に思いだしていた。

心境の変化と言うべきか、その事実に軽い驚きはあったものの、ふしぎと納得している自分がいた。

「ちゃんと家まで送ってもらえよ」

仁科がこの場にいたら、女の子じゃあるまいしとつっ込まれそうな忠告を弟にして、蓮は会社へむかった。

研究所の敷地内には桜の木がたくさん植えられている。ほんのひと月前は綺麗に紅葉していたそれらは、いまではすっかり葉を落とし、様変わりしていた。次の季節にむけて木々も変わっていくのだろうと思いながら所内に入り、二階の分析室へと歩いていった。

休憩室のロッカーに鞄を入れて白衣に着替え、となりの分析室の扉をくぐると、すでに数人の同僚が働きはじめていた。

「おはようございます」

あいさつをしながら分析室の室内を進み、作業台の前に立つと、戸叶《とかの》が目を丸くした。

「あれ。春口くん、声、変じゃないか？　風邪引いた？」

「え、そうですか？」

「たしか先月も風邪引いてなかったっけ。だいじょうぶか？」

涼太はひと言も指摘しなかったが、やはりちょっと声が嗄《か》れていたかもしれない。原因はもちろん週末のしつこい仁科のせいだ。

「あ、ええと。風邪じゃなくて、これは……週末、カラオケで歌いすぎたせいかも」

「ふうん……」

不自然な言いわけではなく、納得してくれるだろうと思ったのだが、戸叶は微妙な顔をして蓮の顔をまじまじと見返した。いや、正確には、その視線は顔ではなく、やや下のほうを見ている。

「なにか？」

「ええと……そのカラオケって女の子と？　なんて野暮なこと訊いちゃったりして」

戸叶が苦笑して目を泳がせる。その反応の意味がわからず、目をパチクリさせると、彼の指が蓮の首筋をさした。

「ごめん。言いたくなかったけど、ちょっとそれ、目立つから」

「え？」

「ついてる。赤い痕《あと》」

「っ！　ど、どこに」

蓮は瞬時に赤くなり、指さされた場所を手のひらで覆った。週末、首といわず身体中を仁科にキスされたが、今朝鏡を見たときには痕が残っていただなんて気づかなかった。正面からは見えない場所だったらしい。あいつ、なんてまねを、と心の中で呪《のろ》ったそのとき、背後に人の気配を感じた。

「蓮さん。おはようございます」

すぐ後ろから仁科の声が降ってきて、跳びあがりそうなほど驚いた。

「に、仁科……っ」

「なんです。首……ああ、隠してるつもりのようですけど、見えてますよ。キスマークですか。へえ、蓮さんもやりますね」

痕をつけた張本人のくせに、いけしゃあしゃあと言う男を、蓮は赤くなりながら睨んだ。

「なんでおまえがここにいるんだよ」

「仕事ですよ、もちろん。先週の続きの話があってきたんですけど。それより」

仁科がすこしだけ身を屈め、からかうようなまなざしを近づけてきた。

「彼女ができたってことは、ついに弟離れできたんですかね」

忌々しいほど端整で、生意気なその顔を、蓮はじっとりと睨みつけながら、どう返してやろうかと考えた。

ちょっと悩んだ末、蓮は目が泳ぎそうになるのをこらえ、まっすぐに見つめ返しながら、ちいさな声で、しかしはっきりと告げた。

「……そう、かもな」

「え」

瞬間、仁科がぽかんとした顔をした。

横にいた戸叶がへえ、と声をあげる。

「弟離れできたって？」

「あ、えーと」

「そりゃすごいね。恋の力は偉大だなあ」

蓮は愛想笑いを浮かべてちらりと仁科のほうへ目をむけた。すると彼は横をむき、口元を手で覆っていた。嬉しくて笑いたいのをこらえるような、照れたような、そんな顔をしていた。

仁科のそんな表情を見るのは初めてのことで、蓮はすこしのあいだその横顔に見惚《みと》れた。それはほんのつかのまで、すぐにいつもの高飛車そうな顔に戻ってしまったけれど。

「そうですか。それはそれは……。どうやって弟離れできたのか、聞きたいな。俺のブラコンの彼女にも聞かせたいんで。ぜひ」

「う、うるさいな。いま言ったのは、気のせいかもしれない。いや、気のせいだきっと」

「教えてくださいって」

「仕事の邪魔するなら帰れよっ」

赤い顔で怒る蓮の横で、なにも知らない戸叶も口をだす。

「春口くん、彼女できたなら、その友だちを紹介してくれないかなあ。今度合コンしよう、合コン」

「そ、それは、ええと」

わいわいと賑《にぎ》やかに話しながら、こんなふうにからかわれるのも、それほど嫌じゃないかもしれないと思っている自分に蓮は気づいた。

でもそれは、仁科には絶対に教えてやらないつもりだ。

あとがき

こんにちは、松雪奈々です。この度は「うさんくさい男」をお手にとって頂き、ありがとうございます。

こちらは「いけ好かない男」の続編になります。作中にて、仁科のセクハラの話が出てきます。前作で書かれず、今作ではしょって語られているこれはですね、フェアのSSカードに書かれた話でして、ご存じない方にもわかるように、また既読の方も楽しめるように書いてみたつもりなのですが、いかがでしたでしょうか。

今回も拙い文章に素敵なイラストを添えてくださった街子マドカ先生、ありがとうございました。たまらんです。原稿を書き終えたあと、編集様がどのシーンをイラスト指定したのか想像しながら待ち、仕上がったものを目にするときが至福のひとときです。

私の作品の大半を手がけてくださっているデザイナーのChiaki-k様、ご多忙にもかかわらず、沢山のデザイン案を本当にありがとうございました。

また担当編集様をはじめ、校正者様、出版に関わった皆様、ありがとうございました。

それでは読者の皆様、すこしでも楽しんでいただけたら幸いです。

二〇一二年十二月

松雪奈々

✦初出　うさんくさい男……………書き下ろし

松雪奈々先生、街子マドカ先生へのお便り、本作品に関するご意見、ご感想などは
〒151-0051 東京都渋谷区千駄ヶ谷 4-9-7
幻冬舎コミックス　ルチル文庫「うさんくさい男」係まで。

幻冬舎ルチル文庫

うさんくさい男

2012年12月20日　第1刷発行

✦著者	松雪奈々　まつゆき なな
✦発行人	伊藤嘉彦
✦発行元	株式会社 幻冬舎コミックス 〒151-0051 東京都渋谷区千駄ヶ谷 4-9-7 電話 03(5411)6432[編集]
✦発売元	株式会社 幻冬舎 〒151-0051 東京都渋谷区千駄ヶ谷 4-9-7 電話 03(5411)6222[営業] 振替 00120-8-767643
✦印刷・製本所	中央精版印刷株式会社

✦検印廃止

ISBN978-4-344-82701-1　C0193　Printed in Japan